D1433926

Oma verdacht

MIEKE VAN HOOFT

Oma verdacht

Tekeningen van Els Vermeltfoort

Uitgeverij Holland - Haarlem

De Nederlandse Kinderjury

Dit boek kan gekozen worden door de
Nederlandse Kinderjury 2012
zie ook: www.kinderjury.nl

Omslagtypografie: Ingrid Joustra

© Mieke van Hooft, 2011

ISBN 9789025111472
NUR 282

De enge man

Mijn zusje kwam binnenrennen. Haar hoofd was zo rood als een wijnbal. Ze had haar mond wijd open en het geluid dat ze maakte leek het meest op dat van een sirene.

Mijn zusje heet Zus. Ik ben Kiek. Samen met mama wonen we bij oma Pleun.

'Woehoehoehoe,' loeide Zus.

Ik zat met oma aan tafel. We hadden allebei een hoge toren gebouwd van pepermunten. Zus brulde zo hard dat de toren van oma ervan instortte.

'Wat is er liefje?' vroeg oma.

Nou moet je weten dat Zus een enorme huilebalk is. Ze huilt al als er een vlieg flauwvalt.

Oma trok Zus op schoot en haalde een zakdoek tevoorschijn. 'Neus snuiten!'

Zus toeterde in de zakdoek.

'Hik, hik, hik,' klonk het. En daarna: 'Snif, snif, snif.'

Ik ben de oudste en de verstandigste, dus ik besloot maar even een glaasje water te gaan halen voor de kleine huilebalk.

'Nou,' zei oma toen het glas leeg was. 'Ik luister.'

'Een enge man,' zei Zus met een bibberstem.

'Waar?' vroegen oma en ik tegelijk.

Zus wees naar de voorkant van het huis. 'Buiten.'

5

Ik had nog nooit een echte enge man gezien. Ik sprong meteen van mijn stoel om door het raam te kijken. Met mijn wang platgedrukt tegen de ruit, keek ik de straat uit. Maar ik zag niemand die er eng uitzag.

'Hoezo een enge man?' riep oma. 'Heeft hij iets gezegd? Heeft hij je iets gedaan?'

Zus opende haar mond alweer om de sirene aan te zetten. 'Niet huilen nu!' zei oma streng. 'Wat was dat met die man?' Haar gezicht stond ineens bezorgd en het leek wel of haar ogen groter waren geworden.

De onderlip van Zus bibberde. 'Hij kkkkkeek naar mmmme.'

'En toen?' vroeg ik. 'Had hij een mes? Of een pistool? Had hij een zwarte zonnebril? Droeg hij een lange jas en had hij een gleufhoed op?'

Zus schudde haar hoofd. Er hing een snottebel aan haar neus. Net voordat ze hem aan haar mouw wilde afvegen, ving oma hem in haar zakdoek.

En toen ging de bel.

Een cadeautje

Ik opende de deur. Er stond een man op de stoep. Ik had geen idee wie hij was, maar eng was hij niet. Hij had blozende wangen. Van de kou, denk ik. Hij had een rode sjaal om zijn hals. Die kleurde mooi bij die blosjes. In zijn handen had hij een doosje. Het was plat en er zat een strik om. Ik hoopte dat het voor mij was.

'Is je oma thuis?' vroeg de man.

'Jawel,' zei ik. Ik vroeg me af wat er in het pakje zou zitten. Het kon een boek zijn.

'Kun je haar even roepen?' vroeg de man.

Ik dacht aan Zus die met een snottebellenneus op oma's schoot zat.

'Dat komt buitengewoon ongelegen,' zei ik. Dat had ik ooit ergens gelezen en altijd onthouden.

'O,' zei de man. Hij boog een beetje voorover en tuurde de gang in. Alsof hij dacht dat oma zich achter de kapstok had verstopt.

'Héél ongelegen,' zei ik nog een keer. Ik stak mijn hand uit. 'Zal ik het pakje aannemen?'

De man knikte. 'Graag. Wil je het aan je oma geven? En zeg maar: met de groeten van Frits. En zeg ook maar dat ik een andere keer terugkom.'

'Doe ik!' zei ik. Ik griste het cadeautje uit zijn handen,

riep: 'Dag meneer!' en gooide de deur dicht.

Wauw, wat een mooi pakje. Vlak bij mijn oor bewoog ik het een paar keer heen en weer. Ik rende naar de kamer.

Zus zat nog steeds bij oma op schoot.

'Je krijgt de groeten van Frits!' zei ik tegen oma en ik legde het pakje voor haar neer.

'Zeg,' ik porde Zus in haar zij. 'Die man die jij zag, had die een rode sjaal om?'

Zus knikte.

Zie je nou wel. Dat kind is zó'n aanstelster!

'Tjonge zeg, die was eng!' Ik stak mijn tong naar haar uit.

'O... was het Fríts?' riep oma, met de nadruk op Frits. 'Nee, daar hoef je niet bang voor te zijn, Zus. Die doet echt niemand kwaad.'

'Hij heeft een cadeautje voor je gebracht,' zei ik en ik schoof het pakje nog wat verder naar haar toe.

'Ja...' oma Pleun zuchtte. 'Dat is het enige vervelende wat hij doet: cadeautjes brengen. Eng is hij niet. Maar een vervelende volhouder is hij wel!'

Verliefd

Daar snapte ik dus helemaal niets van. Wat was er mis met cadeautjes?

'Die meneer Frits,' legde oma uit, 'is verliefd op mij.'

'Verliefd?' riep ik. 'Wooh!'

'Wooh!' echode Zus.

Van verbazing liet ik me op mijn stoel vallen. Dom, want daardoor wankelde mijn pepermunttoren en alle pepermunten kletterden op tafel. Balen! Ik schoof ze naar elkaar toe. 'Ga je met hem trouwen?' vroeg ik.

'Nee,' zei oma, 'ík ben niet verliefd. En daarom wil ik ook geen cadeautjes van hem. Dus dan weten jullie het: als hij nog eens met een pakje op de stoep staat: niks van hem aannemen.'

Zus had het pakje naar zich toegetrokken. 'Wat zit erin?' vroeg ze.

'Openmaken, oma!' Ik ruk zelf altijd meteen het papier eraf als ik een cadeautje krijg.

'Geen denken aan!' Oma schudde heel beslist haar hoofd. Ze trok het pakje uit de handen van Zus en gooide het boven op de kast. 'Als ik Frits weer een keer zie, geef ik het hem terug.'

'Waarom?' vroegen Zus en ik tegelijk.

'Waarom? Daarom!' zei oma.

Superbonbons

Midden in de nacht werd ik wakker. Ik had raar gedroomd en ik moest plassen. Ik ging mijn bed uit en toen ik op de wc zat, moest ik weer aan het pakje denken. Wat zou er toch in zitten? Zou oma Pleun nou helemaal niet nieuwsgierig zijn?

Ineens móest ik weten wat voor cadeautje Frits had gebracht. Op mijn tenen sloop ik naar de huiskamer. Het licht van de maan viel naar binnen en raakte precies de kast aan waarop het pakje lag. Voorzichtig nam ik het op. De strik glinsterde. Hij zat een beetje scheef. En wat was dat? Er zat een scheurtje in het papier en het plakband zat los.

Ik schoof de strik opzij. Het papier ritselde. Oh, lekker zeg: superdikke bonbons. Daar was oma Pleun dol op. Ik ook, trouwens. Hoeveel zouden er in de doos zitten? Ik deed de deksel omhoog. Een heerlijke chocoladegeur danste mijn neus in. Wat gek. De doos was niet helemaal vol.

De bonbons lagen in rijtjes naast elkaar. Er ontbraken er vier. Die oma! En ze was nog wel op dieet. Ze had al een maand niet meer gesnoept. Dat zei ze tenminste een paar dagen geleden.

Zou het heel erg zijn als ík ook een superbonbon nam?

Oma kon de doos nou toch niet meer teruggeven aan Frits.

Ik koos er een met een suikerhartje erop. Mmm. Wat was dat heerlijk. Als ik later ging trouwen wilde ik wel een man die dozen bonbons voor me kocht. Ik zou geen nee zeggen, zoals oma Pleun. Jammer hoor, dat zij Frits niet leuk vond. Anders hadden we er meteen een nieuwe opa bij gekregen.

Toen ik de bonbon ophad, nam ik er nog eentje. Nu met een nootje. Want weet je wat zo raar was: sinds oma had besloten om niet meer te snoepen, kregen wij ook bijna geen snoepjes meer. Daarna deed ik gauw de doos dicht. Ik probeerde het papier er weer zo netjes mogelijk omheen te doen, en de strik ook. Voorzichtig legde ik de doos terug op de kast. Op mijn tenen ging ik terug naar mijn kamer. Ik kroop in bed en likte de chocola van mijn lippen.

Superoma

Toen ik de volgende ochtend mijn ogen opendeed, hoorde ik de sirene. Met andere woorden: Zus was al beneden en zelfs boven op mijn kamer kon ik haar horen huilen.

Ik snap dat niet hoor. Ik huil nooit. Bijna nooit dan. Als er een auto over mijn been rijdt of zo, ja, dan huil ik. Of als ik in de lift sta en hij stort vanaf de twaalfde verdieping naar beneden. Ik denk dat de tranen niet goed zijn verdeeld tussen Zus en mij.

Ik ging de trap af en zag dat oma Zus over haar haren streek.

'Is er weer een ramp gebeurd?' vroeg ik.

'Doe niet zo flauw,' zei oma.

Ik ging aan de ontbijttafel zitten en smeerde een boterham. Mama was al naar de Zaak. Op haar bordje lagen kruimels en een minikloddertje jam.

De ogen van Zus waren nat en haar neus was rood en schraal. Ze hikte nog een beetje na.

'Wat is er?' vroeg ik.

Er ging een blik heen en weer tussen oma Pleun en Zus.

'Niks bijzonders,' zei oma. 'Dat is iets tussen Zus en mij. En je hoeft niet het hele pak hagelslag op je boterham te doen.'

Ik stopte met strooien.

'O ja,' zei oma. 'Het kan zijn dat ik er nog niet ben als jullie uit school komen. Ik ga vandaag voor het eerst naar de ouderengym en ik weet niet precies wanneer ik terugben.'

'Ouderengym?' riep ik uit.

'Ouderengym?' echode Zus.

Oma schonk thee voor ons in. 'Ja. Jullie doen net of dat gek is. Ik las erover in het buurtkrantje. Ik wil dat wel eens proberen. Het is goed voor mijn lijn. Vroeger was ik dol op gym. Ik kon heel goed vogelnestjes maken.'

Vol bewondering staarde ik oma aan. Ik vergat verder te eten en de hagelslag rolde van mijn boterham. Wauw, ik had toch wel een superoma!

Oma Pleun slurpte zachtjes van de thee. Ze glimlachte en kneep haar ogen even samen. 'Ik heb er echt zin in!' zei ze. Daarna gleden haar ogen naar de klok boven de deur. 'Snel dooreten!' spoorde ze aan.

Ik hapte in mijn boterham. In gedachten zag ik oma ondersteboven in de ringen hangen.

Frits weer

Op de terugweg naar huis liep Zus te mopperen. Haar juf was helemaal niet aardig geweest vandaag. Veel kinderen hadden straf gekregen en juf had ook niet voorgelezen. 'En we hebben nog wel zo'n spannend boek!' zei Zus. 'Ik hoop dat ze morgen weer normaal doet.'
'En ik wou dat jij eens een beetje doorliep,' zei ik. 'Je loopt nog langzamer dan een slak.'
De onderlip van Zus begon te bibberen. Ik zuchtte. Nee hè. Ik deed mijn best om een ander onderwerp te bedenken. Waarom moest ik ook altijd op mijn zusje passen? Dat hoefden andere kinderen toch ook niet!
We sloegen de hoek om.
'Hoeh!' riep Zus.
'Woh!' riep ik.
'Hola!' Het was de man met de rode sjaal. Fred? Freek? Frits! We botsten bijna tegen hem op.
'Dat scheelde een haar!' zei hij. Hij glimlachte. Zus verstopte zich achter mijn rug.
'Zie ik het goed? De kleindochters van Pleun?'
Ik antwoordde niet. En Zus was onzichtbaar, dus die zei ook niks.
Ik staarde naar zijn mond. Hij had een gouden tand. Die pinkelde in het zonlicht.

'Heb je oma mijn groeten gedaan?'

Ik knikte.

'En de bonbons gegeven?'

Ik knikte nog een keer.

'Mooi!' Hij glimlachte als een filmster en raakte heel even mijn schouder aan. 'Tot ziens dan maar!'

'Tot ziens,' zei ik en ik draaide me om zodat ik hem kon nakijken. 'Zag je dat?' Ik stootte Zus aan. 'Zag je die tand?' Nee, die had ze natuurlijk niet gezien, ze had achter me gestaan. 'Hij heeft een tand van goud.'

'Echt?' vroeg Zus met een klein stemmetje.

'Hij is vast heel erg rijk. Wat jammer dat oma Pleun niet verliefd op hem is.'

'Daar gaat oma!' Zus wees naar de grote zwarte auto die ons voorbij reed. We begonnen allebei te zwaaien. 'Oma! Daag! Oma Pleun!'

Oma zag ons niet en de auto was alweer voorbij.

'Wat gek,' zei ik. 'Van wie is die auto? Oma rijdt toch nooit auto? Ze gaat altijd met de rollator. Of met de bus.'

Raar!

Tam

Oma Pleun was al thuis. Ze zat aan tafel met de theepot op het lichtje en de koektrommel ernaast. 'Dag lieverdjes,' riep ze. Ze begon meteen in te schenken.

'Hoe kan dat nou?' vroeg ik.

'Ja, hoe kan dat nou?' echode Zus.

Oma's wenkbrauwen wipten omhoog. Ze goot de thee met een mooie boog in de kopjes.

'We hebben je net nog gezien,' zei ik. 'In een zwarte auto.'

Oma lachte en zette de theepot terug op het lichtje. 'Dat kan niet hoor, dat moet een vergissing zijn. Ik ben al tien minuten terug van de gym. Wat moet ik in een zwarte auto?'

'Ik heb het ook gezien,' piepte Zus.

'Het kan echt niet!' Oma schudde haar hoofd. 'Koekje?' Ze hield ons de trommel voor.

Ik pakte een lekker wafeltje. 'Dan heb je een dubbelgan- ger,' zei ik.

'Zal best!' Oma Pleun sopte haar koekje in de thee.

'Oma, neem jij een kóekje?' riep ik uit. 'En je snoept niet meer!' Ik dacht aan de superbonbons. Zie je nou wel: oma doet net of ze niet meer snoept. Maar ondertussen…

'Eén koekje mag!' zei oma. 'Ik heb een uur gegymd. Mijn maag rammelt een beetje.'

'Heb je in de ringen gehangen?' vroeg Zus.

Oma schudde haar hoofd.

'Nee? O, wat jammer.' Dat had me juist zo leuk geleken. Zelf ben ik ook heel goed in vogelnestjes. 'Wat heb je dan gedaan?' vroeg ik. 'Koprol? Balspel?'

'Ach, wist ik veel? Het is bejáárdengym,' zei oma. 'We hebben op een stoel gezeten en met onze armen gezwaaid. En we moesten tikjes tegen een ballon geven en proberen hem in de lucht te houden.'

'Is dat alles?' vroegen Zus en ik precies tegelijk.

Oma keek een beetje zielig. Ze speelde met haar theelepeltje. 'Eerlijk gezegd dacht ik dat zelf ook. Van mij had het wel wat pittiger gemogen. Maar overmorgen is er wéér gym. Misschien is het dan wat minder tam.'

'Zijn er dán allemaal wilde bejaarden?' Zus had zelf niet in de gaten dat ze grappig was maar oma en ik moesten lachen.

'Heel erg wild!' zei oma. Ze gromde als een tijger en kromde haar vingers. 'Gggròòhw!'

Zus sprong van haar stoel en kroop in het hoekje naast de kast. 'Help,' zei ze met een piepstem. Hoe was het mogelijk: ze hoefde niet te huilen. Wat een wonder.

Afgelast

Eigenlijk waren we toch wel benieuwd naar die gymclub van oma Pleun. Toen donderdag de schoolbel ging, renden we naar buiten. Als we heel vlug waren, was de gym misschien nog niet afgelopen en konden we nog even kijken.

De gym werd gegeven in het buurthuis, drie straten vanaf school. Hijgend stormden we het gebouw binnen. Maar vlak achter de klapdeuren werden we tegengehouden door een agent. Hij praatte heel gewichtig maar hij zag eruit als een grote jongen met een pet op. Hij stak een hand op alsof hij het verkeer aan het regelen was. 'Dames, wat komen jullie hier doen?'

Zus verstopte zich meteen achter mijn rug. Ik probeerde langs hem heen te kijken. Ik zag een biljart en een kast vol zilveren bekers. Er liepen ook een paar mensen. Maar de agent maakte zich zo breed dat ik daarna niks meer zag. 'Nou?' zei hij.

'Wij komen voor oma Pleun,' zei ik. 'Voor de ouderengym.'

'De ouderengym is afgelast,' zei de agent.

'Waarom?' vroeg ik. Want nou hadden we voor niks zo hard gerend.

'Dat ga ik jou niet aan je neus hangen!' De agent wapperde met zijn hand dat we weg moesten gaan maar ik bleef staan.

Ik voelde aan mijn neus. 'Wat bedoelt u?' vroeg ik beleefd. 'Moeven!' De man gaf me een duwtje. Ik voelde hoe de hand van Zus de mijne zocht. 'Kom nou!' zei ze zachtjes. 'Ik mag toch wel vragen...' begon ik.

De agent sloeg zijn armen over elkaar. Zijn pet zakte een beetje over zijn ogen. Snel duwde hij hem terug naar boven. 'Hoppa!' zei hij bars.

Hoppa... Alsof we konijnen waren!

Ingebroken

Toen we thuiskwamen, zat oma in haar stoel bij het raam. Ze schilde aardappels en keek verrast op toen we binnenkwamen. 'Zijn jullie er al? Ik had helemaal niet door dat het al bijna half vier is! Wat zien jullie er verhit uit. Hebben jullie hard gelopen?'

We vertelden waar we vandaan kwamen en dat de politie ons had tegengehouden.

Oma knikte en gooide een blote aardappel in een pan met water. Ik voelde druppels tegen mijn been aanspatten. 'Er is ingebroken bij het Buurthuis,' zei ze. 'De snoepautomaten zijn leeggehaald.'

'Echt waar?' vroeg ik.

'Wie heeft dat gedaan?' vroeg Zus.

Dat kind kan soms zulke domme vragen stellen, niet te geloven. 'Hoe moet oma dat nou weten?' zei ik. 'Daarom is de politie toch daar. Om het uit te zoeken.'

'Jammer dat de gym niet doorging,' zei oma. 'Maar ach… eigenlijk vond ik het toch niks voor mij.'

'Wat gaat die dief doen met al dat snoep?' vroeg Zus. Ze roerde met haar vingers door de pan. De aardappels zwommen rondjes.

'Opeten!' zeiden oma en ik tegelijk.

'Álles?' vroeg Zus met grote ogen. 'In één keer?'

Ik vroeg me af wat er allemaal in de automaten had gezeten. Misschien wel honderd zakjes chips. En honderd zakjes drop. En honderd marsen en bounties en stroopwafels. Wow!

'Dan zal die dief wel buikpijn krijgen,' dacht ik hardop.

'En kiespijn,' zei Zus.

Paniek

Na de thee ging ik naar mijn kamer. Ik zocht een groot vel papier en legde dat voor me op mijn bureau. Over een paar dagen moest ik een spreekbeurt houden en ik wist nog steeds niet waarover. Sommige kinderen deden het over hun huisdier, maar dat had ik niet. Ja, er zat al een poos een spin boven het raampje van de wc. Maar daar ging ik geen spreekbeurt over doen, niks an. Waarover dan wel? Ik zoog op de achterkant van mijn pen. Daarna tekende ik een paar poppetjes op mijn papier. Daaronder een bootje, een hoedje, en ten slotte een boef. Ik gaf hem een stoppelbaard. En hij kreeg een gestreept pak aan met een nummer op zijn borst. Ik wilde juist een grote kogel gaan tekenen die met een ketting vastzat aan zijn enkel, toen Zus mijn kamer kwam binnenrennen. 'Kiek!'
Mijn pen schoot uit.
'Kiek, je moet komen. Er is wat met oma!'
Ik stond meteen op van mijn stoel. 'Hoezo dan?'
'Ik weet het niet!' Zus stopte twee vingers in haar mond en beet op haar nagels.
'Hoezo: weet ik niet?' Ik duwde Zus opzij. Uit de badkamer kwamen rare geluiden. Was dat oma Pleun? Ik gaf de deur een zwiep en zag oma op haar knieën op de vloer zitten. Ze had haar hoofd in de toiletpot.

Ik bleef op de drempel staan en voelde Zus vlak achter me.

'Ze is aan het kotsen,' zei Zus.

Ja, dat oma niet zat te zingen had ik ook wel door!

'Bwwuhh!' deed oma.

Zus en ik deden drie passen achteruit.

'Oma,' probeerde ik. 'Oma…' Een vieze lucht kroop in mijn neus.

'Ik word misselijk,' hoorde ik een klein stemmetje achter me.

'Bwwwurp!' deed oma weer. Ze keek me aan. Haar gezicht was zo wit als het tafellaken met Kerst. 'Glaasje water.' Ze zei het zo zacht dat ik het maar net kon verstaan.

Ik pakte snel het glas dat op de wastafel stond en vulde het met water. Ik hoorde oma zuchten. Toen ik omkeek, zag ik dat ze haar ogen gesloten had. Er stonden druppeltjes op haar voorhoofd. 'Oma?' Ik wilde haar het glaasje water aangeven. 'Oma?'

Ik rende naar de telefoon. Mama was op de Zaak maar voor noodgevallen konden we haar altijd bellen. Dit was een noodgeval.

'Gaat oma dood?' vroeg Zus. Ze was me achterna gekomen en de tranen rolden uit haar ogen.

'Nee natuurlijk niet!' snauwde ik. Ik was daar helemaal niet zeker van maar ik wilde voorkomen dat Zus de sirene aanzette.

Mama's telefoon was in gesprek. Wat moest ik nu doen?

De dokter bellen? Maar ik wist het nummer niet. Ik rende terug naar de badkamer. In mijn buik voelde ik plotseling een enorme knijp. Waarom was ik ook de oudste en de verstandigste? Ik moest altijd alles oplossen!

Kiplekker

Ik durfde de badkamer bijna niet in te gaan. Voorzichtig keek ik om het hoekje. Ik leek wel een ballon die leegliep, zo'n diepe zucht slaakte ik: oma stond voor de wastafel en waste haar gezicht. Haar wangen waren weer een beetje roze en ze glimlachte in de spiegel toen ze me zag.

'Poe, poe,' zei ze terwijl ze een handdoek pakte.

'Oma, wat was er nou?' vroeg ik en mijn stem klonk een beetje pieperig.

'Ja, wat was er nou?' echode Zus en haalde luid haar neus op.

'Geen flauw idee,' zei oma Pleun. 'Ik voelde me ineens heel erg misselijk, bah!' Ze depte haar gezicht droog. 'Ik hoop niet dat jullie erg geschrokken zijn.'

Meteen begon Zus te brullen. 'Ik dach…acht dat je dood-ging oma!'

'Ach lieverd toch,' zei oma. Ze sloeg een arm om Zus heen. En gelukkig ook één om mij. Ik drukte mijn wang tegen haar warme zachte lijf. 'Ik ga niet zomaar dood, ben je mal! Jullie zijn toch ook wel eens misselijk?'

Zus hikte en snikte en knikte.

'Maar voor ons…' zei ik. 'Voor ons is dat normaal. Oma, heb jíj misschien die snoepautomaat leeggegeten?' Ik schrok een beetje van mijn eigen grapje.

Gelukkig lachte oma, waardoor ze weer helemaal de echte oma Pleun werd. 'Voor mij is het ook normaal hoor,' zei ze. 'Want ik ben ook maar een gewoon mens. En gelukkig voel ik me nu weer goed.'

Zus veegde met haar mouw langs haar neus. 'Ben je nu weer kiplekker?' vroeg ze.

Oma gaf haar een zakdoek en aaide Zus over haar haren. 'Ja hoor,' zei ze. 'Kiplekker. Ik vind het alleen jammer dat ik jullie zo heb laten schrikken.'

Toen mama aan het eind van de middag thuiskwam, zette ze haar koffertje onder de kapstok. Ze rende de trap op om haar mantelpakje te verwisselen voor een ouwe spijkerbroek. Daarna kwam ze met losse haren en een slobbertrui aan weer naar beneden. Wij vinden mama Thuis altijd veel leuker dan mama Zaak.

'En? Is hier nog iets bijzonders gebeurd?' vroeg ze terwijl ze onderuit gezakt op de bank ging zitten. Zus kroop bij haar op schoot en was net iets sneller dan ik: 'Oma was heel ziek vanmiddag.'

Mama keek verschrikt naar oma Pleun. Oma wuifde met haar hand. 'Ik was misselijk,' zei ze. 'Maar het is weer helemaal over.'

'Ze is weer kiplekker,' zei Zus.

'Het heerst,' zei mama. 'Ik heb al van een paar mensen gehoord dat zij zich niet goed voelden. Het is vast een virus.' Ze glimlachte.

'Oma moest heel erg kotsen,' vertelde Zus.

'Spugen,' verbeterde mama.

'Ik heb geprobeerd je te bellen,' zei ik. 'Maar je was in gesprek.'

Ik kon aan mama's gezicht zien dat ze dat niet prettig vond. 'Maar alles is goed afgelopen,' zei ik daarom maar snel.

Mama zuchtte. 'Ja... het was weer erg druk op de Zaak... Maar nu ben ik weer thuis!'

Zus speelde met mama's haar. Ze maakte vlechtjes en staartjes. Het zag er heel grappig uit. 'Wil je me dan voorlezen?' vroeg ze.

'Doe ik,' zei mama. 'Beloofd! En jij, Kiek? Wat zou jij willen doen?'

Ik dacht aan de spreekbeurt. Misschien moest mama mij daar maar eens mee helpen.

Een goed onderwerp

's Avonds zat ik samen met mama achter de computer.
'Goed,' zei ze. 'Vertel maar eens, waar moet je spreekbeurt over gaan?'
Dat was dus juist mijn probleem, want dat wist ik nog
steeds niet.
'Dan wordt het wel erg lastig,' zei mama. 'Kom op, je kunt
toch wel iets bedenken? Waar hebben de andere kinderen
het over gedaan?'
Ik somde alle onderwerpen op en gaapte achter mijn
hand. 'Allemaal saai,' zei ik. 'Ik wil iets spannends!'
Op dat moment klonk er buiten een sirene. Niet de Zus-
sirene, maar een echte. We keken allebei naar het raam en
zagen een politieauto met hoge snelheid voorbijrijden.
'Die heeft haast,' zei mama.
'Die gaat boeven vangen!' Ik liep naar het raam om de
auto na te kijken. Ik kon het flikkeren van zijn zwaailicht
tot het eind van de straat zien. En toen wist ik meteen
waar ik mijn spreekbeurt over wilde doen: de politie.
Samen met mama zocht ik in de zoekmachine op het
woord 'politie'. Help, we kregen wel een miljoen zoekre-
sultaten. En er was er niet één bij waar ik wat aan had.
'Wat zou je willen weten over de politie?' vroeg mama.
'Als je dat weet, is het makkelijker zoeken.'

Nou, daar hoefde ik niet lang over na te denken. Dit waren mijn vragen:

Hoeveel boeven vangt de politie per dag?
Mag een politieagent zijn pistool mee naar huis nemen?
Zo ja: waar ligt het 's nachts?
Hoelang duurt het voordat je politieagent bent?
Moet je zelf je pak wassen of is er een politiepakkenwasserij?

Mama trok een rimpel tussen haar wenkbrauwen.
'Wat is er?' vroeg ik.
'Tsja.' Mama tuitte haar lippen en bewoog ze van links naar rechts. 'Ik vind dit wel een beetje vreemde vragen. En ik geloof niet dat de antwoorden hierop te vinden zijn op internet.'
Oma Pleun was achter ons komen staan. Ze sloeg een arm om mij heen. 'Ik vind het juist heel erg goede vragen! Ik wil ook graag weten waar een politieagent het pistool 's nachts bewaart.'
'Misschien wel op zijn nachtkastje,' zei ik.
Oma Pleun lachte. 'Misschien verstopt hij het wel onder zijn kussen. Of in een pantoffel onder het bed.'
Zus was er ook bij komen staan. Ze giechelde heel hard. 'Je moet het aan meneer Frederikson vragen,' hikte ze. 'Die is politieagent geweest.'
Mijn mond zakte open. Eerst één centimeter, en daarna nog minstens drie. Zus, die erwt, die krielkip, had iets heel slims bedacht!

Bij meneer Frederikson

De volgende dag ging ik naar hem toe. Meneer Frederikson woont in bejaardenhuis Oude Eikenrust. Zijn buurvrouw Gees woont er ook. Ze houdt ervan om alles mooi te maken. Daarom is ze altijd aan het knutselen en wordt ze oma Pimp genoemd.

'Kom binnen,' zei meneer Frederikson en hij zwaaide de deur voor me open.

Oma Pimp zat in haar rolstoel aan tafel en sloeg met een hamer op een soepbord.

Ik maakte een sprongetje achteruit.

'Ze is niet gek geworden hoor.' Meneer Frederikson schudde met zijn hoofd. 'Ze is weer aan het pimpen. Dit keer zijn mijn bloempotten aan de beurt.'

Er lagen een paar soepbordscherven voor mijn voeten. Ik raapte ze op en legde ze op tafel.

'Dankjewel meisje,' zei oma Pimp. 'Onder de stoel liggen er ook een paar. Wil je die ook oprapen? Ik kan er zelf niet bij.'

Op mijn knieën kroop ik de kamer rond want hoe langer ik keek, hoe meer scherven ik zag.

'Mooi, dankjewel,' zei oma Pimp. 'Je kwam precies op het juiste moment binnen.'

'Wat bent u aan het doen?' vroeg ik. Ik keek naar de grote

bloempot die voor haar stond.

Oma Pimp schoof een boek naar me toe. 'Mozaïek' stond er met kleurige letters op. Toen ik het opensloeg zag ik allemaal voorwerpen die met scherven waren versierd. Het zag er prachtig uit. 'Gaat u die maken?' vroeg ik en ik wees naar een foto van een versierde bloempot.

'Ja, enig hè.' Oma Pimp lachte van oor tot oor. 'Ik ben alleen bang dat ik niet genoeg scherven heb. Maar goed, ik zie wel hoe ver ik kom. Ik begin gewoon.'

Meneer Frederikson was in zijn stoel bij het raam gaan zitten. Hij had al een glaasje limonade voor me klaar gezet. 'Kom,' wenkte hij. 'Laat oma Pimp maar lekker pimpen. Laat mij je vragen eens horen.'

Ik had hem van tevoren gebeld, dus hij wist al dat ik voor mijn spreekbeurt kwam.

Eén voor één las ik mijn vragen voor. Meneer Frederikson wist alle antwoorden. En hij wist nog veel meer. Hij vertelde zoveel dat mijn pen bijna van het papier afvloog.

'Hoelang moet je spreekbeurt duren?' vroeg hij toen mijn arm bijna bewusteloos was van het schrijven.

'Tien minuten,' antwoordde ik.

Meneer Frederikson dacht dat ik dan wel genoeg informatie had. 'Maar...' zei hij terwijl hij zijn ogen even samenkneep en over zijn kale schedel wreef. 'Ik heb nog wel connecties bij de politie natuurlijk...'

Connecties, wat was dat nou voor moeilijk woord?

'Hij bedoelt gewoon dat hij daar nog mensen kent,' zei oma Pimp vanachter haar bloempot.

Meneer Frederikson wapperde met een hand en tikte op mijn arm. 'Kiek, vind je het leuk als ik wat spulletjes voor je regel? Een politiepet, handboeien, een wapenstok.'

'Ook een pistool?' Ik schoof naar het puntje van mijn stoel.

Meneer Frederikson bewoog zijn hoofd achterover en lachte bulderend. 'Ik vrees dat dát niet gaat lukken,' zei hij.

Achter me hoorde ik een klap.

Oma Pimp had weer een bord kapot geslagen.

Even kijken

Ik zong toen ik naar huis liep. Meneer Frederikson had zo lekker veel verteld en hij zou spullen voor me regelen... Mijn spreekbeurt werd vast supergoed!

Ik had ook nog een uitnodiging gekregen van oma Pimp. Ze was aanstaande zondag jarig en we mochten allemaal komen. Dus ook mama en oma Pleun en Zus.

Ik sprong over de stoeptegels en slalomde langs de bomen, prullenbakken en bloembakken. Toen ik wilde oversteken moest ik wachten op de bus die net voorbij reed. Even dacht ik dat ik oma Pleun achter een van de ramen zag zitten. Maar dat kon natuurlijk niet; oma was gewoon thuis.

In gedachten liep ik verder. Misschien kon ik tijdens de spreekbeurt de politiepet opzetten. En ik kon natuurlijk ook iemand in de boeien slaan. Wie zou ik daar eens voor uitkiezen? De juf! Ja, juf Odet! Ik kon het gejoel en gelach van de kinderen in mijn klas al bijna horen!

Ik huppelde langs het buurthuis. Zou het alweer open zijn? Even kijken...

Ik duwde tegen de deur. Die gaf mee en ik stond meteen in de hal. Zou er vandaag ook ouderengym zijn? Nu ik hier toch was, kon ik natuurlijk best even rondkijken.

Ik liep langs de prijzenkast vol grote glimmende bekers.

Ik zag mijn eigen gezicht wel twintig keer weerspiegeld en trok een gekke bek. Hoe zou het met de snoepautomaat zijn? Zou hij weer volzitten? Ik draaide een rondje op mijn hakken. Ah... daar was de automaat, naast de deur waar 'toilet' opstond.

Nieuwsgierig liep ik erheen. Misschien zag ik wel vingerafdrukken van de boef. Meneer Frederikson had verteld dat de politie altijd sporenonderzoek doet. Dan gaan ze op zoek naar vingerafdrukken. En soms vinden ze een knoop of een haar van de dader. Dan hebben ze bewijsmateriaal. Zo heet dat: bewijsmateriaal. Eén keer was een boef zijn rijbewijs verloren op de plek waar hij had ingebroken. Dat was natuurlijk het toppunt van domheid. De politie kon hem zo oppakken! En hij kreeg ook nog een bekeuring omdat hij zonder rijbewijs reed.

'Zo meisje, wat heb je hier te zoeken?' klonk ineens een stem achter me.

Ik draaide me om. Ik zag een dikke man met een snor als een kleerhanger. Hij keek me vragend aan.

'Ikke... eh...' Ik keek om waar de uitgang was. 'Ikke... Niks. Ik dacht... ik ga even kijken.'

De man knikte. 'Dat kan. En, wat heb je nou gezien?'

Ik haalde mijn schouders op. Toen knikte ik in de richting van de snoepautomaat. 'Is de dief al gepakt?'

De man trok zijn wenkbrauwen tot onder zijn haren.

'Dat weet ik niet. En dat hoef jij ook niet te weten want daar heb jij niks mee te maken!'

Hij wees naar de uitgang. 'Ga jij maar lekker buitenspelen!'

Poeh! Met zijn kleerhangersnor!

Mama was natuurlijk nog niet thuis maar oma Pleun en Zus zaten me nieuwsgierig op te wachten.

'Vertel, vertel!' zei oma terwijl ze thee inschonk. 'Wáár wordt 's nachts dat dienstpistool bewaard?'

'In een kluis op het politiebureau,' antwoordde ik plechtig.

'En... is er een politiepakkenwasserij?' Zus was op haar knieën op haar stoel gaan zitten en keek me vragend aan.

'Politiepakken worden niet gewassen,' antwoordde ik. 'Die worden gestóómd in een stomerij. En daar maken ze ook een vouw in de broek.' Ik pakte mijn schriftje erbij en las alles voor wat meneer Frederikson had verteld.

'Wat fijn dat meneer Frederikson je zo goed kon helpen,' vond oma.

Vol trots vertelde ik over de pet, de wapenstok en de handboeien waar hij voor zou zorgen. Zus viel bijna van haar stoel van het lachen toen ze hoorde dat ik juf Odet in de boeien zou slaan.

'En... nog iets!' Ik vertelde over het feestje dat oma Pimp zondag zou geven.

Oma Pleun begon meteen na te denken over een cadeautje. Maar ik wist wel waar we haar een plezier mee konden doen: scherven!

Scherven

Oma Pleun ging zoeken in de kelderkast. Ze kwam terug met twee blauwe bloemetjesborden. In het ene zat een barstje. Van het andere bord was een klein stukje af. 'Zou oma Pimp hier iets mee kunnen doen?' vroeg ze. 'Ik vind het wel gek hoor, om haar van die ouwe borden cadeau te geven.' Maar ik wist zeker dat het een goed cadeau was. Alleen moesten de borden natuurlijk wel kapot!

Ik wenkte Zus mee naar boven. 'We gaan ze uit het raam gooien,' zei ik. 'Op de tegels, dan hebben we straks een zak vol mooie scherven.'

Ze klapte in haar handen. 'O… mag ik er dan ook een gooien? Dat kan ik heel goed!'

Aan de voorkant van het huis is geen tuin. Als we de borden daar uit oma's slaapkamerraam gooiden, dan vielen ze meteen op de tegels van de stoep.

'Hier,' zei ik goedig, 'jij mag eerst.' Ik opende het raam en gaf Zus een bord. Ze kwam maar net boven de vensterbank uit. 'Kan ie?' vroeg ze.

Ik keek even naar beneden of er niemand onder het raam liep. 'Ja!' zei ik. 'Vuur!'

Met twee handen boven haar hoofd gooide ze het bord het raam uit.

'Whow!' juichten we tegelijkertijd.

We hoorden het bord breken. Ik tilde Zus op zodat we samen naar beneden konden kijken. De stoep lag vol met blauwe scherven.

'Nou ik,' zei ik en ik liet Zus zakken.

Toen hoorden we oma's stem en haar voetstappen op de trap. 'Zeg, zijn jullie betoeterd? Wat gebeurt er allemaal? En wat doen jullie op mijn kamer?'

We draaiden ons om.

Er was geen lachje te zien op oma's gezicht.

Ik besloot het tweede bord nog maar even vast te houden.

'We maken scherven,' zei ik. 'Voor oma Pimp.'

'Ja, voor oma Pimp,' echode Zus.

'En moet dat op déze manier?' Oma Pleun schudde haar hoofd. 'Ik wil het niet hebben! Houd daar meteen mee op! En sinds wanneer lopen jullie gewoon mijn slaapkamer binnen?'

Verbaasd keek ik om me heen. 'Mag dat niet?' Daar had ik nog nooit over nagedacht. Op mama's kamer mochten we gewoon komen. Wat was oma streng ineens!

'Nou,' zei oma. 'Raam dichtdoen en naar beneden om op te ruimen. Als je scherven wilt maken doe je dat maar met een hamer. Stel je voor dat er iemand langs loopt als jullie een bord uit het raam gooien.'

Ik deed mijn mond open om te zeggen dat ik daar heus wel op had gelet. Maar toen ging plotseling de bel.

Frits weer

Ik keek naar beneden. 'Het is die meneer weer,' zei ik.
'Die Frans. Hij heeft weer een pakje bij zich. Vast een
nieuwe doos bonbons.'

'Ach nee!' riep oma uit. 'Frits! Het is toch niet waar? Hoe
kom ik toch ooit van die man af? Ik doe niet open hoor.
Ik heb er geen zin in. Hij moet toch zo langzamerhand
snappen dat ik hem niet wil.'

'Hij is wel rijk,' zei ik.

'Hij heeft een tand van goud,' zei Zus vol ontzag.

'Al was zijn néus van goud!' Oma Pleun perste haar lippen
op elkaar. Ze trok me weg bij het raam. 'Pas op, dadelijk
ziet hij je nog!'

Net toen we dachten dat hij wel weg zou zijn, werd er
opnieuw gebeld. Ik hoorde oma zuchten. Ze leek wel een
fietsband die leegliep.

'Zal ik even opendoen?' bood ik aan. 'Dan zeg ik wel dat
je niet thuis bent.'

'Ik hou anders niet van dat gejok.' Oma Pleun was op
haar bed gaan zitten. 'Maar laat hem in geen geval binnen!
En denk eraan dat je geen cadeau van hem aanneemt!'

Half glijdend langs de leuning snelde ik de trap af. Door
het matglas in de deur kon ik Frits zien staan. Volgens mij
wilde hij juist nog een keer bellen toen ik de deur open-

trok. Frits tuimelde bijna naar binnen. 'O… goedendag,' zei hij, nog een beetje nawankelend. 'Ik dacht dat er niemand thuis was.'

Ik glimlachte vriendelijk. Zie je wel: hij had weer een doos superbonbons. Ik herkende de strik. 'Jawel hoor, ík ben er.' Ik ging in de deuropening staan en trok de deur tegen mijn rug. Een slimmerik die er langskwam!

'Is je oma thuis?' vroeg Frits. Pling! De gouden tand blonk alsof hij net gepoetst was.

Ik voelde dat mijn wangen rood werden en schudde mijn hoofd. Ik besloot om maar naar de scherven op de stoep te kijken want ik was bang dat hij aan mijn ogen kon zien dat ik jokte.

'Wanneer komt ze thuis?' Frits was een echte volhouder!

'Dat heeft ze niet gezegd.' Dat was een slim antwoord. Nu sprak ik tenminste de waarheid. Ik keek naar het pakje met de strik. 'Heeft u weer bonbons meegebracht?' vroeg ik. 'Dat moet u niet meer doen. Oma is op dieet. Ze snoept helemaal niet meer!'

'Wàt?' riep Frits. 'Ik heb haar gisteren nog in het restaurant van de taartenwinkel zien zitten. Ik kwam er juist langs met de auto, toen ik zag dat ze daar voor het raam zat. Mét een grote roomsoes!'

'Oma Pleun met een roomsoes?' Mijn stem sloeg over.

Hij legde ineens een vinger tegen zijn lippen. 'Oei, dat had ik natuurlijk niet moeten vertellen. Weet je, ik denk dat ik me heb vergist. Ik weet het eigenlijk wel zeker. Dom van me zeg. Natuurlijk was dat jouw oma niet! Hoe kon ik dat nou denken!' Hij knipperde met zijn ogen en deed zijn best om weer te glimlachen. Toen boog hij zich een beetje naar mij toe. 'Wil je oma mijn hartelijke groeten doen? Jammer dat ze er nu wéér niet is. Maar ik kom een andere keer terug. Zeg je dat tegen haar?'

Ik knikte en keek naar het mooie pakje met de strik. Even hoopte ik dat Frits zou zeggen dat ik het dan wel mocht hebben. Maar dat deed hij niet. Met het pakje onder zijn arm geklemd, liep hij weg. De scherven op de stoep knerpten onder zijn schoenen.

Op verjaardagsvisite

Het was zondag en oma Pimp vierde haar verjaardag. Ze zag er nog mooier uit dan anders: ze had vier rode rozen in haar haren. Ze droeg een bloes met glitters die steeds van kleur veranderden. En om haar schouders lag een stola van zacht wit nepbont. Ze was erg blij met onze scherven en ook met de grote bos bloemen die mama voor haar had gekocht. We kregen als dank dikke zoenen van haar zodat we allemaal rondliepen met oranje lippenstiftwangen.

Meneer Frederikson wenkte me. Hij droeg een plastic tas en glunderde. 'Kijk eens wat ik voor je heb, Kiek.' Hij gaf me de politiepet. 'Zet eens op.'

Hij was natuurlijk veel te groot maar het voelde wel heel stoer om de pet op te hebben. Iedereen om me heen begon te klappen en te lachen.

'Zo, jij kunt boeven gaan vangen,' zei een mevrouw die gele pudding zat te eten uit een klein glaasje.

'Ja, pas maar op!' riep ik en ik griste de handboeien uit de tas.

'Oei, nou wordt het menens,' zei een meneer die net zoals oma Pimp in een rolstoel zat.

'Heb je de spreekbeurt al geoefend?' vroeg meneer Frederikson.

Ja, dat had ik de avond van te voren al gedaan, samen met mama. Het ging hartstikke goed.

'Hier,' zei meneer Frederikson. 'Ik heb er ook nog een stempelkussen bij gedaan. Zo kun je vingerafdrukken nemen van alle kinderen van je klas. Dan zul je zien dat ze allemaal anders zijn.'

'Van vingerafdrukken kun je leuke poppetjes maken,' zei oma Pimp. 'Zal ik het eens voordoen? Wie heeft er een stuk papier?'

Even later zaten Zus en ik druk te tekenen. Oma Pimp heeft ook altijd zulke leuke ideeën!

Meneer Frederikson had een heel lekkere verjaardagstaart gebakken. Er stonden tachtig kaarsjes op en iedereen moest meehelpen om die uit te blazen.

Oma Pleun nam niks van de taart. Daar heb ik nog speciaal op gelet. Zus en ik kregen lekker ieder twee stukken. Ik zag oma Pleun kijken. Maar ze zei er niks van.

De spreekbeurt

En toen was het maandag. Pas om twee uur mocht ik mijn spreekbeurt doen, dus ik liep er de hele dag aan te denken. Ik kon ineens helemaal niet meer gewoon op mijn stoel zitten; ik gleed er steeds af. Mijn pen, die anders stil op mijn tafel bleef liggen, had ook het heen en weer en rolde een paar keer over de grond.

Juf Odet moest er om lachen en toen het kwart voor twee was, wenkte ze me en mocht ik alvast beginnen.

Ik haalde meteen mijn spullen tevoorschijn. Op het bord schreef ik met grote letters: DE POLITIE. Ik zette mijn pet op en herhaalde in mijzelf waar ik op moest letten: rechtop staan. De klas inkijken. Niet te snel praten.

Toen begon ik. Het ging hartstikke goed. Iedereen vond het mooi en leuk en luisterde aandachtig. Ik had ook het stempelkussen bij me en ik liet alle kinderen hun vinger-afdruk zetten in het schrift dat ik daar speciaal voor had meegenomen. Het allermooiste bewaarde ik natuurlijk voor het laatst: de handboeien.

'Mag ik ze even bij je omdoen?' vroeg ik aan de juf. 'Voor een kleine demonstratie?' (Dat woord had ik van meneer Frederikson geleerd.) Juf stak meteen haar armen uit. 'Als je me ook maar weer losmaakt,' zei ze glimlachend. Maar dát was natuurlijk de grap. Ik stopte het sleuteltje snel in mijn zak. Ik liep ondertussen naar het raam en deed net of ik het sleuteltje naar buiten gooide. De hele klas lag slap.

'O help,' piepte juf Odet, maar ik zag hoeveel moeite het haar kostte om zielig te kijken.

'Harder!' riep ik. 'Ik hoor niks!'

'Help! Maak me los!' jammerde de juf.

Ik keek naar de klas, mijn hoofd een beetje schuin, mijn wijsvinger tegen mijn kin. 'Zal ik het doen?' vroeg ik. 'Zal ik haar losmaken?'

'IJsje!' riep iemand.

'Ja!' riep iemand anders. 'Je moet haar pas loslaten als we allemaal een ijsje krijgen.'

Ik keek vragend naar juf Odet.

'IJsje! IJsje!' joelde al gauw de hele klas. Er werd op de tafeltjes geroffeld.

De juf haalde haar schouders op en knikte langzaam. Ik haalde plechtig het sleuteltje uit mijn broekzak. Mijn wangen gloeiden. Woh! Nog nooit had iemand zo'n leuke spreekbeurt gehouden!

Oma Pleun

Jippie joo hoo! Ik danste over straat. Ik omarmde alle lantaarnpalen die ik tegenkwam en zwierde er met wapperhaar omheen. In mijn hand had ik vijf euro, genoeg om voor de hele klas een waterijsje te kopen. Nadat ik de juf had losgemaakt, had ze meteen haar portemonnee gepakt. 'Hier,' zei ze. 'Rennen! Zorg wel dat je met een kwartier weer terug bent.'

Ik had een 'prima' gekregen voor mijn spreekbeurt. Het hoogste dat je kunt krijgen. Ik zou straks, als ik thuis was, meteen meneer Frederikson opbellen.

Snel liep ik de Super in en pakte een mandje. Het was niet druk. Ik rende om de toren van appelmoesblikken heen (nee, ik gooide niets om), en stond meteen voor de diepvries waar de ijsjes in lagen. Welke zou ik nemen? Ik vergeleek de prijzen en keek hoeveel ijsjes er in de dozen zaten. Het leek wel een rekenlesje! Ik besloot perenijsjes te nemen. Die vond ik zelf het lekkerste en als ik vier dozen kocht, had ik er precies genoeg. Want er zaten zes ijsjes in iedere doos.

Met mijn volle mandje ging ik naar de kassa. Ik was meteen aan de beurt en hield nog ruim een euro over. Dat was een koopje voor de juf!

Met de dozen ijs onder mijn arm geklemd begon ik aan

de terugweg. Toen ik langs de taartjeswinkel kwam, bleef ik even staan. Er stonden prachtige taarten in de etalage. Eén taart zag eruit als een sprookjeskasteel. Hij was helemaal bespoten met roze crème en de ophaalbrug was van chocola. Zonde om op te eten.

Ik verhuisde de ijsjes van de ene arm naar de andere en mijn blik dwaalde over de taart heen naar het restaurant dat bij de winkel hoorde. Ineens werd ik helemaal koud. En dat kwam niet door de ijsjes: tegenover me, in een hoekje van het restaurant, zat oma Pleun een roomsoes te eten. Ik zag haar van opzij maar ik wist zeker dat ik me niet vergiste. Ze at met kleine genietende hapjes en dronk er een kopje koffie bij. Wat stiekem. Wat kinderachtig om trots te zeggen dat je niet snoept en dan onder schooltijd taartjes te eten! Zus en ik krijgen bijna nooit meer snoepjes en bij de thee mogen we maar één koekje.

Ik wist niet wat ik moest doen. Tegen het raam tikken? Naar binnen gaan? Hoe zou oma reageren als ze me zag? Ik moest aan de bonbons denken waar oma ook stiekem van gesnoept had.

Plotseling wilde ik weg. Ik rilde. Ik had kippenvel op mijn armen staan. Al mijn blijheid om de geweldige spreekbeurt was verdwenen. Hoe kon oma nu zo oneerlijk zijn?

Grote verwarring

In de klas werd ik met luid gejuich begroet. Ik deelde de ijsjes uit maar mijn gedachten waren alleen maar bij oma Pleun. Hoe was het mogelijk dat ze zo kinderachtig deed? Ik proefde mijn ijsje niet eens. Pas nadat ik per ongeluk een te grote ijskoude hap in mijn mond had, merkte ik dat ik zat te eten. Toen de ijsjes op waren, gingen we verder met de lessen. Rekenen geloof ik. Maar het kan ook topo zijn geweest.

De rest van de middag bleef ik nadenken over de vraag of ik nou wel of niet tegen oma Pleun zou zeggen dat ik haar had gezien. Maar toen Zus en ik thuiskwamen en oma vroeg hoe het was gegaan met de spreekbeurt, knalde het er meteen uit: 'Ik heb je vanmiddag in de taartenwinkel gezien!'

Oma Pleun slingerde het theezakje een paar keer rond door de theepot. Haar wenkbrauwen gingen omhoog. 'In de taartenwinkel? Dat kan niet. Daar ben ik helemaal niet geweest. En jij ook niet als het goed is. Jij zat toch op school?'

Ik vertelde over de spreekbeurt en de handboeien en over de ijsjes die ik bij de supermarkt mocht gaan halen. Mijn stem klonk raar hoog. 'En toen heb ik je gezien. In het restaurant van de taartenwinkel. Je zat een grote roomsoes te eten.'

Oma Pleun had de theepot in haar hand om in te schenken maar ze zette hem met een harde klap terug op tafel.
'Kiek! Wat een onzin! Je moet je hebben vergist!'
Mijn keel werd heel dik, net alsof ik moest gaan huilen.
'Ik heb me niet vergist!' Ik hoorde zelf dat ik steeds harder ging praten. 'En ik vind het stiekem van je! Je doet net of je niet meer snoept, maar als Zus en ik naar school zijn, en mama naar de Zaak, dan ga jij lekker taartjes zitten eten! En wij krijgen niks!'
Zus kroop tegen oma aan en haar ogen werden steeds groter.
Oma Pleun sloeg een arm om haar heen. 'Kiek, schreeuw niet zo tegen me. Je bent gewoon helemaal van streek!

Het moet echt een misverstand zijn. Ik ben vanmiddag naar het buurthuis geweest. Ik heb me ingeschreven voor yogales.'

Ik staarde naar oma Pleuns gezicht dat er even lief uitzag als altijd. Ze stak een arm naar me uit. 'Kom eens hier,' zei ze zacht. 'Kiki van me. Dat is echt iemand anders geweest.'

Ik aarzelde. Ik voelde een traan over mijn wang rollen.

'Kom nou maar Kiek,' zei Zus met een bibberstemmetje.

En toen kroop ik toch maar tegen oma aan en probeerde ik niet meer te denken aan wat ik had gezien.

Naar meneer Frederikson

Moeilijk is dat, ergens niet meer aan denken. Het leek wel of er een filmpje in mijn hoofd zat. Iedere keer opnieuw zag ik oma Pleun in het restaurant zitten. Ook als ik mijn ogen dichtdeed. Zelfs als ik ze dicht knéép en aan allemaal andere dingen dacht: puntenslijpers, fietssleutels, schoen-zolen, schone zakdoeken, vúile zakdoeken... Dan nóg zag ik oma Pleun er dwars doorheen.

Ik schrok toen de telefoon ging. Het was meneer Frederikson die benieuwd was naar de spreekbeurt. 'Ging het goed, Kiek? Ik heb de hele middag voor je geduimd.' 'Héél goed!' zei ik en ik moest toch wel weer een beetje glimlachen terwijl ik vertelde dat ik een 'prima' had gescoord. Stom dat ik helemaal was vergeten om hem te bellen. Meteen schoof het omafilmpje weer voorbij.

'Wanneer kun je mijn spullen terugbrengen?' vroeg meneer Frederikson. Ik keek op de klok. Het zou nog minstens een uur duren voordat we gingen eten. 'Nu?' stelde ik voor.

Meneer Frederikson humde tevreden. 'Da's fijn, meisje. Tot zo meteen dan maar.'

Op weg naar meneer Frederikson kwam ik weer langs het buurthuis. Wat had oma Pleun nou gezegd? Ze had zich aangemeld voor yogo of zoiets. Ik kon natuurlijk even naar binnen gaan om uit te zoeken of dat klopte. Nog voordat ik erover na kon denken of ik dat wel durfde, had ik de deur al geopend.

In de hal waren een paar mannen aan het biljarten. Ze keken even op toen ik binnenkwam en knikten naar me. Ik knikte terug. Wie kon me iets over oma Pleun vertellen? Er waren een heleboel deuren in de hal. Wat zou er achter die deuren zijn? Ik was een beetje bang dat ik die man met die kleerhangersnor weer tegen zou komen.

'Hé Kiek!' hoorde ik ineens een stem. Ik zag onze overbuurvrouw. Ze had een gebloemd sjaaltje om haar hoofd geknoopt. Ze droeg een knalgeel schort en oranje werkhandschoenen waardoor ze een beetje op een kuiken leek.

'Kom je doen?' In haar ene hand had ze een emmer sop en met de andere hand trok ze een karretje vol schoonmaakmiddelen achter zich aan.

'Ehmuh... ik,' stotterde ik.

'Je oma is al naar huis hoor,' zei de overbuurvrouw.

'Hebt u haar gezien?' Ik merkte dat mijn hart fel begon te kloppen.

De vrouw knikte. De flessen schoonmaakmiddel rammelden toen ze het karretje een drempel overtrok. 'Ja, vanmiddag!' Ze liep een kantoortje in. 'Dag!' riep ze. Toen deed ze de deur achter zich dicht.

Op hetzelfde moment zag ik de man met de snor. Snel ging ik naar buiten.

Een zucht geeft lucht

Bij meneer Frederikson kreeg ik wéér thee en ik kreeg drie koekjes; maar dat vond ik natuurlijk niet erg. Ik gaf hem de tas met spullen terug.

'Ik ben trots op je, Kiek,' zei hij. 'Goed gedaan. En je hebt vast een aardige juf, leuk dat ze op ijs trakteerde.'

Daar was opnieuw het filmpje van oma en de slagroomsoes. Er ontsnapte me een enorme zucht.

Meneer Frederikson keek diep in mijn ogen. 'Nou, nou,' zei hij. 'Een zucht geeft lucht in een hart vol smart. Ik hoop niet dat jij een hart vol smart hebt.'

Ik wist niet wat dat was: een hart vol smart. Maar ik voelde van binnen wel iets zwaars, dat kneep en knaagde. Ik haalde mijn schouders op.

'Neem nog een koekje,' zei meneer Frederikson en hij hield me het schaaltje voor.

Ik pakte een wafeltje, brak het doormidden en schraapte er met mijn tanden de crème vanaf.

Meneer Frederikson knikte me toe. Zijn blik was vriendelijk als altijd.

'Ik heb een vraag,' zei ik nadat het een poosje stil was geweest. 'Jokken grote mensen wel eens?' Ik voelde dat ik rood werd.

Maar meneer Frederikson bleef vriendelijk kijken. Hij

knikte. 'Jawel, dat kan gebeuren.'

Voor het raam stond een bloempot met een mozaïek. Ik herkende de scherven van oma's soepbord. 'Maar,' ging ik voorzichtig verder. 'Grote mensen zeggen dat je niet mag jokken. Waarom doen ze het dan zelf wel?'

Meneer Frederikson leunde een beetje achterover. Hij kneep zijn ogen even samen. Ik kon zien dat hij goed nadacht voordat hij antwoord gaf. 'Dat komt… omdat grote mensen ook maar mensen zijn. En mensen maken soms fouten.' Hij ging weer rechtop zitten en boog daarna een beetje naar me toe. 'Wat zit je dwars, Kiek? Kan ik je helpen?'

Ik dacht aan oma Pleun. Ze was de liefste en de leukste oma die er bestond. Ik wilde niet dat ze jokte! Ik keek weer naar meneer Frederikson. 'Wat moet je doen als je weet dat iemand jokt?'

Hij glimlachte. 'Erover praten.'

'En als dat dan niet lukt? Omdat ze zegt dat ze de waarheid spreekt?' Ik had 'ze' gezegd. Maar ik had niet verklapt dat het om oma Pleun ging.

'Dan moet je de confrontatie aangaan!'

Dat was een moeilijk woord, dat meneer Frederikson gebruikte. 'Weet je wat een 'heterdaadje' is?' vroeg hij.

Ik schudde mijn hoofd.

'Een heterdaadje…' begon meneer Frederikson uit te leggen.

Ik luisterde aandachtig.

Naar de taartenwinkel

'Jij ging toch bij Leentje spelen,' zei ik toen Zus de volgende dag uit school met mij meeliep.

'Leentje is ziek,' antwoordde Zus. Ze huppelde over de stoeptegels en deed haar best om de lijntjes niet te raken. Ik dacht na. Wat moest ik doen nu Zus erbij was? Ik voelde in de zak van mijn jas. Gelukkig, de foto zat er nog in. Ik keek opzij. Zou ik Zus vertellen wat ik van plan was?

'Ik moet nog even langs de taartenwinkel,' zei ik.

'Ga je taart kopen?'

Ik zweeg.

Onverwachts pakte Zus mij vast. 'Wat is er?' Ze schudde mijn arm heen en weer. 'Kiek?'

Ik haalde mijn hand uit de jaszak en liet de foto zien. Oma Pleun stond erop. Ze droeg een vrolijke jurk met ruitjes. De foto was genomen in de achtertuin. 'Ik ga vragen of oma Pleun gisteren in het restaurant is geweest.'

Zus bleef stilstaan, midden op de stoep. Een mevrouw met een kinderwagen botste tegen haar op. 'Zeg!' riep de mevrouw met boze stem. Ze schreeuwde zo hard dat de baby begon te huilen. Gelukkig liep de vrouw snel door.

'Waarom?' vroeg Zus.

Ik keek naar het gezicht van mijn zusje.

'Jij denkt dat oma jokt hè,' zei Zus zachtjes.

'Je gaat niet huilebalken!' riep ik dreigend.

'Maar oma Pleun jokt nooit!' Zus stampte op de tegels. Haar lip bibberde.

'Grote mensen jokken heus wel eens,' zei ik. 'Want grote mensen zijn ook maar mensen. Ik ga bewijzen dat ik oma gisteren heb gezien!'

'Dat kan niet,' hield Zus vol. 'Oma Pleun was naar het buurthuis. Dat zei ze toch!'

We waren bijna bij de taartenwinkel. Ik kreeg kriebels in mijn benen en in mijn buik. We zouden kunnen doorlopen en naar huis kunnen gaan. Misschien was dat makkelijker. Maar misschien ook niet. Want dan zou ik net moeten doen of er niks aan de hand was en ik wist dat ik dat niet kon.

De kasteeltaart stond nog steeds in de etalage. Ik zag de gezichten van Zus en mezelf weerspiegeld in de ruit.

Ik haalde diep adem. Heel diep, helemaal van onderuit mijn buik. Toen duwde ik de deur open.

In de winkel rook het naar chocolade en appeltaart. Ik keek meteen naar rechts waar het restaurant was. Een paar tafeltjes waren bezet, maar oma Pleun zag ik niet.

'Jongedames?' zei de mevrouw achter de toonbank. 'Kan ik jullie helpen?'

Ik voelde Zus vlak achter mijn rug. Ik haalde de foto weer tevoorschijn en legde die op de toonbank. 'Kent u deze mevrouw?'

Mijn handen waren helemaal nat geworden. Ik veegde ze af aan mijn T-shirt.

De mevrouw had een bril boven op haar hoofd. Ze gaf er een tikje tegen zodat hij op haar neus terechtkwam. Met opgetrokken boogjeswenkbrauwen bekeek ze oma Pleun in haar ruitjesjurk. Daarna duwde ze de bril terug in haar haren. 'Nee,' zei ze. 'Ken ik niet.'

''t Is onze oma Pleun,' zei ik.

'Ja?' zei ze.

'Ik wil graag weten of ze hier gisteren een roomsoes heeft gegeten.'

Ze haalde haar schouders op.

'Oma Pleun had gisteren een ándere jurk aan,' zei ik.

'Met bloemen,' piepte Zus van achter mijn rug.

De winkelmevrouw trok haar lippen in een smal streepje. 'Hoor eens hier… Ik kan echt niet bijhouden wie er allemaal in de winkel komen. Ik kan jullie niet helpen. Komen jullie nog iets kopen ook?'

Ik pakte de foto terug die ze over de toonbank naar me toeschoof en schudde mijn hoofd. Zwijgend gingen Zus en ik de winkel uit en net zo zwijgend liepen we naar huis.

Pas toen we het tuinpaadje opliepen, vroeg Zus: 'Geloof je het nu?'

Domme vraag. Ik had geen bewijs dat oma er was geweest. Maar een bewijs dat ze er niét was geweest… dat was er ook niet!

Wakker

Nu was er nog maar één mogelijkheid: het heterdaadje. Ik kon er 's nachts niet van slapen. Het leek wel of ik steeds meer kriebels kreeg. Niet alleen in mijn buik en in mijn benen, maar in mijn hele lijf. Mijn hart deed ook gek: ik voelde ineens dat ik er een hád. Het klopte niet onopvallend, maar het dreunde als een grote trom.

'Slaap je nou nog niet?' vroeg mama toen ze 's avonds nog even bij me kwam kijken. Ze kwam bij me op de rand van het bed zitten en streek het haar uit mijn gezicht. Mama was altijd druk druk druk met de Zaak maar iedere avond kwam ze me instoppen.

'Gaat het wel helemaal goed, Kiek?' vroeg ze met een bezorgde blik. 'Hoe komt het dat je nog wakker bent?'

Ik aarzelde.

'Is er misschien iets dat je me moet vertellen?'

Er klonken stemmetjes in mijn hoofd. Ze riepen 'Nee! Nee! Nee!' en 'Ja! Ja! Ja!' De nee-stemmetjes riepen het hardst. Ik schudde mijn hoofd.

'Wil je dan een slokje water?'

Ik knikte.

Mama haalde een glas water voor me. Daarna gaf ze me een dikke zoen. 'En nu slapen hè,' zei ze.

Ik knikte nog een keer. Maar ik lag nog heel, héél lang

wakker. Ik hoorde oma naar bed gaan, en mama. Ik vond alles zo verschrikkelijk ingewikkeld dat ik er een beetje misselijk van werd. Als ik maar niet hoefde te kotsen, zoals oma laatst. Ik zag haar weer voor me met haar hoofd boven de toiletpot. En ineens... Ik weet niet hoe het kwam. Eigenlijk had het al een hele tijd ver weggestopt in een hoekje van mijn hoofd gezeten. Ik schoot rechtop in bed en drukte een vuist tegen mijn mond. Die diefstal in het buurthuis. Dat was dezelfde dag geweest dat oma misselijk was. Zou oma Pleun? Nee! Nee! Ik pakte mijn dekbed en trok het over mijn hoofd.

Dit was te erg. Hier wilde ik echt nooit meer aan denken. Ik had me nog nooit zó diep geschaamd.

Stap één

Toen ik de volgende ochtend opstond, viel ik bijna om. Ik gaapte heel lang, met mijn mond heel ver open. Het was half acht. Mama was al naar de Zaak.

Ik had die nacht precies bedacht hoe ik het heterdaadje ging voorbereiden. Het eerste wat ik moest doen was mama's fototoestel zoeken. Ik luisterde boven aan de trap. Ik hoorde oma Pleun beneden in de keuken bezig.

Op mijn tenen liep ik naar mama's kamer. Ik opende geluidloos de deur en glipte naar binnen. Bij het bed rook het naar slaap en bij de wastafel naar wilde rozen. Ik moest hoesten en probeerde het zo zachtjes mogelijk te doen. Ik wist waar mama het fototoestel bewaarde: in het kastje naast het raam. Toen ik het opentrok, zag ik het meteen liggen. Zo, dat was nog eens gemakkelijk gegaan! Snel sloot ik het deurtje. Nu moest ik nog ongezien terug naar mijn kamer. Daar kon ik het toestel in mijn tas verstoppen.

Ik had net één voet op de overloop gezet toen Zus haar kamer uitkwam. Haar haar leek op een vogelnest en er zaten nog slaapkorstjes in haar ogen. Maar ze was wakker genoeg om vóór me te gaan staan. 'Wat heb jij op mama's kamer gedaan?'

Ik had besloten om haar niets te vertellen en duwde haar opzij.

'Je hebt mama's fototoestel!'

'Denk erom dat je je mond houdt!' siste ik.

'Dat mag niet!' Zus gebruikte haar zeurstem waar ik een ontzettende hekel aan heb. 'Dat moet je eerst aan mama vragen!'

Ik gaf haar opnieuw een duw want ze ging niet opzij. Nu deed ik het iets te hard. Ze stootte haar hoofd tegen de muur. Natuurlijk zette ze meteen de sirene aan.

'Denk erom dat je je mond houdt!' waarschuwde ik nog een keer. Snel liep ik naar mijn kamer om het fototoestel in mijn tas te stoppen.

'Wat gebeurt daar allemaal?' Oma kwam de trap op. 'Zus? Wat is er aan de hand?'

Zus jammerde alsof ze zwaargewond was. Wat kan dat kind zich toch altijd belachelijk aanstellen! 'Kiek heeft mij geduwd!' blèrde ze. 'Heel hard! Tegen de muur aan!'

Oma Pleun keek in mijn kamer. 'Kom er eens bij!' zei ze. 'Is het waar wat Zus zegt?'

Ik schokte met mijn schouders. 'Ik had het zo niet bedoeld,' zei ik.

'Nou, goedmaken dan!' zei oma Pleun. 'En Zus, ophouden met huilen. Ik zie nergens een bult of bloed, dus ik denk dat het wel meevalt allemaal.'

Ik zei braaf sorry maar ondertussen was mijn blik naar Zus veelbetekenend.

'Tjonge,' zei oma zuchtend. 'Dat geruzie. En zo vroeg op de ochtend nog wel. Wees blij dat jullie zusjes zijn! Een zusje heb je om lief en leed mee te delen. Niet om ruzie mee te maken! Onthoud dat! En nu hup naar beneden om te ontbijten.'

Stap twee

Goed, dat fototoestel had ik te pakken. Daarna kwam de volgende stap. Op school! Om tien uur, net voordat het speelkwartier begon, drukte ik een hand tegen mijn buik en liep ik met een zielig gezicht naar juf Odet. Die keek me onderzoekend aan. 'Wat is er, Kiek? Ben je niet lekker?' Ik probeerde een traan uit mijn ogen te knijpen, maar dat lukte niet. 'Ik heb zo'n buikpijn,' zei ik met het zeurstemmetje dat ik van Zus had geleend.

Juf Odet streek door mijn haar. 'Wil je liever binnenblijven? Misschien knap je op als je even rustig kunt zitten. Kruip lekker op de bank in de leeshoek!'

Ik slofte erheen, met kleine pasjes.

'Wil je dat er iemand bij je blijft?' vroeg ze nog, maar ik schudde mijn hoofd. Ik voelde dat ze me nakeek, dus liet ik me heel voorzichtig op de kussens neervallen.

Vanuit mijn ooghoeken glurend, wachtte ik totdat de klas leeg was. Toen was ik met drie sprongen terug bij mijn tafeltje. Ik pakte mijn spiegeltje uit mijn tas. In mijn laatje zat mijn tekendoos. Daar haalde ik een stukje houtskool uit. Snel tekende ik daarmee zwarte kringen onder mijn ogen. Met een zakdoek veegde ik ze een beetje af. Ik borg de spullen weg en spurtte terug naar de zachte kussens in de hoek. Ik had intussen echt buikpijn gekregen. Stel je voor dat juf me niet liet gaan!

Maar dat viel mee. De pauze was nog niet eens echt afge-lopen toen ik haar hakjes al hoorde klikklakken in de gang. Snel deed ik mijn ogen dicht. Ik hoorde dat ze de klas inkwam. En ik rook koffie. Toen ik dacht dat ze naast me stond, opende ik langzaam mijn ogen. Ik zag dat ze schrok. 'Maar Kiki toch!' Ze zette haar koffiebeker op tafel. 'Volgens mij gaat het echt niet goed met je. Wil je liever naar huis?'

Ik knikte heel voorzichtig, alsof ik bang was dat anders alles uit mijn hoofd zou vallen.

'Ik zal vragen of iemand even met je meeloopt.' Juf Odet voelde aan mijn voorhoofd. Ik hoopte dat ze niet aan de kringen onder mijn ogen zou voelen.

'O, maar ik kan best alleen hoor!' Ik schoot rechtop in de kussens. Iets te snel misschien voor iemand die ziek was. Daarom legde ik weer snel mijn handen op mijn buik.

'Is er iemand thuis?' Ik zag dat juf aarzelde.

'Oma is thuis,' antwoordde ik. 'En ik woon hier vlakbij. Er hoeft echt niemand mee.'

De bel voor het einde van de pauze was gegaan. Het lokaal stroomde vol stemmengegons. Juf Odet pakte haar beker en dronk haar koffie op. 'Goed Kiek, ga dan maar gauw. Misschien ben je vanmiddag weer opgeknapt.'

Het lukte me rustig te knikken en daarna kalm naar mijn tafeltje te lopen om mijn tas te pakken. Binnenin me hup-pelde het: stap twee volbracht!

Stap drie

Stap drie: naar de taartenwinkel! Natuurlijk keek ik eerst weer door de ruit van de etalage. Ik zag een aantal mensen in het restaurant, maar oma Pleun was er niet bij.
Ik hoorde de kerkklok slaan. Het was half elf. Ik had anderhalf uur om oma te betrappen. Ik ging aan de overkant van de straat op de stoep zitten. Het fototoestel had ik al uit mijn tas gehaald en om mijn nek gehangen. De zon scheen en kriebelde aan mijn neus. In mijn broekzak vond ik een oud dropje. Ik veegde er een paar pluisjes af en stopte het smakkend in mijn mond. Nu was ik helemaal klaar voor het heterdaadje!
Daar kwam iemand aan: een mevrouw met twee boodschappentassen. Ze glimlachte naar me. Haar schoenen maakten hetzelfde klikklakgeluid als die van de juf.

Ik voelde me wel een beetje schuldig toen ik aan juf Odet dacht. Ze was zo bezorgd geweest! Vanmiddag ging ik weer naar school, dan zou ik het goedmaken. Ik zou extra goed opletten en doorwerken. En ik zou aanbieden om de plantjes water te geven en de vloer te vegen.

Opnieuw hoorde ik voetstappen. Nu zag ik een mevrouw achter een kinderwagen. Vanaf mijn plekje op de stoep kon ik de baby niet zien. Maar ik zag wel twee trappelende beentjes met blauwe sokken aan de voetjes. De baby kraaide en de mevrouw maakte rare geluidjes terug.

Langzaam verstreek de tijd. Soms ging er iemand de taartenwinkel in. Soms kwam er iemand de taartenwinkel uit. Nooit was het oma Pleun.

Mijn hart begon weer een beetje te bonken. Misschien ging oma Pleun vandaag wel geen taartjes eten. Dan zat ik hier al die tijd voor niets te wachten. En dan? Hoe vaak moest ik hier dan nog de wacht houden? En hoe moest dat dan met school? Ik kon toch niet steeds net doen of ik ziek was?

Ik bleef strak naar de overkant kijken. Oma Pleun móest komen! Nu! Ze moest naar binnengaan, aan een tafeltje gaan zitten en een slagroomsoes bestellen. Anders was mijn supermooie plannetje helemaal voor niets geweest.

Ziek?

Nadat de klok van de kerktoren twaalf keer had geslagen, sjokte ik naar huis. Ik had nog maar net mijn hand op de knop van de keukendeur gelegd of oma Pleun kwam me tegemoet. 'Kiek!' Er zat een rimpel tussen haar wenkbrauwen. 'Waar kom jíj vandaan?'

'Van school.' Ik probeerde mijn mond in een glimlach te buigen.

'Lieve help, wat zie je eruit!' Oma Pleun trok me mee naar binnen. 'Het lijkt wel of je een week niet hebt geslapen! Juf Odet belde dat je eerder naar huis bent gegaan. Na de pauze al. Ik was naar yoga, ik kom net pas binnen. Je hebt toch niet al die tijd op straat gelopen?'

Ik wist niet wat ik moest zeggen. Gelukkig praatte oma Pleun meteen door: 'Je weet toch waar de sleutel hangt? Je kunt er toch altijd in.'

Ik weet niet hoe het kwam; ineens begon ik keihard te huilen. De sirene van Zus was er niks bij. Er kwam een waterval van tranen. Ik wilde het liefst bij oma Pleun op schoot gaan zitten en me verstoppen tussen haar zachte warme armen. En vooral wilde ik dat ik nooit had ontdekt dat oma jokte. Ik wilde dat ze gewoon koekjes en superbonbons en slagroomsoezen at waar wij bij waren. Van mij hoefde ze niet aan de lijn te doen. Ik hield niet eens

73

van dunne oma's met botjes.

De keukendeur ging weer open en Zus kwam binnen. 'Wat is er met Kiek?' vroeg ze met een dun stemmetje.

Oma sloeg een arm om me heen. 'Kiek voelt zich niet lekker.' Ze haalde een zakdoek tevoorschijn. 'Je hebt allemaal zwarte strepen op je gezicht,' zei ze verwonderd. 'Kiek? Het lijkt wel make-up.'

Ik griste de zakdoek uit haar handen en veegde ermee over mijn wangen.

'Weet je wat?' zei oma. 'Ik stop je lekker in bed. En dan maak ik een afspraak om morgenochtend even met je naar de dokter te gaan.'

'Ik ben niet ziek!' brulde ik.

Maar ik liet me toch door oma in bed stoppen. En gek genoeg viel ik meteen in slaap!

Toen ik wakker werd, was het donker. Er lag iemand naast me die mijn hand vasthield. Het was Zus, ik herkende haar gesnurk. Voorzichtig maakte ik me los en deed ik het licht aan. Ik keek naar het slapende gezicht van mijn zusje. Haar mond stond een beetje open en haar wangen waren roze als een aardbeienijsje.

Voorzichtig stapte ik uit bed. Het hele huis was stil. Ik liep naar mijn raam en stopte mijn hoofd tussen de gordijnen. Het was nacht. De lucht was diep donkerblauw en de maan hing er rond en bleek in. Ik begreep er niets van dat ik zó lang had geslapen. Uit mijn maag klonk gerommel.

Sinds die ochtend had ik niet meer gegeten.

Terwijl ik terugliep naar bed zag ik op mijn nachtkastje een bordje met een boterham. Daarnaast stond mijn Mickey Mouse beker, vol melk.

Ik ging op de rand van mijn bed zitten en begon te eten. Ergens, in mijn achterhoofd, zat oma met de roomsoezen. En ook het spijbelen, het fototoestel en het heterdaadje dat niet gelukt was.

Zus draaide zich om. Ze sperde haar ogen wijd open en noemde mijn naam. Meteen sliep ze weer verder.

Ik zette het lege bord en de beker weg en kroop terug in bed. Ik deed het licht uit en zocht de hand van Zus.

'Kiek,' zei ze opnieuw.

'Zus,' fluisterde ik. Ik kneep mijn ogen dicht en bleef luisteren naar haar gesnurk.

Naar de dokter

De volgende ochtend gingen we met de bus naar de dokter. Ik had wel tien keer gezegd dat ik gewoon naar school kon, maar oma deed net of ze zo doof was als een paasei. Het gekke was dat ik daarna steeds meer buikpijn kreeg. Toen we van de bushalte naar het huis van de dokter liepen, moest ik mijn buik met twee handen vasthouden. Maar toen ik in de wachtkamer Donald Duckies kon lezen, was de buikpijn weer helemaal weg.

Toen mijn naam werd geroepen, mocht ik samen met oma naar binnen. De dokter gaf me een hand. Hij heette Mooiman. Ik dacht dat hij wel blij zou zijn met die naam. Hij zag er ook mooi uit. Hij had blonde krullen en hij droeg een rode stropdas met balletjes.

'Zo… Kiki,' zei hij en hij keek even op zijn computerscherm. 'Vertel eens, wat kan ik voor je doen?'

Ik had geen flauw idee. Gelukkig gaf oma antwoord: 'Ze is niet lekker, dokter. Ze zit niet goed in haar vel. En ze klaagt over buikpijn.'

''t Is alweer over hoor,' zei ik snel. Stel je voor, dadelijk kreeg ik een spuit of zo!

Dokter Mooiman glimlachte heel lief. 'Heb je vaak last van je buik?' vroeg hij.

Ik schudde mijn hoofd.

'Hoe gaat het op school?'

'Goed.'

'Kun je goed poepen, Kiki?'

Mijn hoofd kreeg de kleur van zijn stropdas. Ik probeerde een beetje onderuit te zakken op mijn stoel. Ik gluurde naar zijn gezicht. Hij keek me nog steeds aan.

'Geef maar gewoon antwoord,' zei oma Pleun zachtjes.

'Dat is een heel gewone vraag voor een dokter.'

Dat kan wel zijn, maar ik wist echt niet wat ik moest zeggen. Ik was goed in spreekbeurten en ik kon het hardste lopen van mijn klas. Maar of ik goed kon poepen?'

De dokter schoof zijn stoel naar achteren. 'Kom maar, dan mag je even op de onderzoekstafel gaan liggen.'

Ik klom op de tafel en daarna voelde hij aan mijn buik. Hij drukte erop en gaf er klapjes op. 'Doet dit pijn?' vroeg hij na ieder drukje en klapje.

Daarna keek hij in mijn oren en in mijn mond. Hij lachte weer lief. 'Ik denk dat het allemaal wel meevalt,' zei hij.

Ik draaide me om naar oma. 'Zie je nou wel,' zei ik.

De dokter praatte nog even met haar en daarna liepen we weer terug naar de bushalte. We liepen arm in arm, oma en ik. En we begonnen steeds met dezelfde voet: rechts, links, rechts, links.

Stoppen!

In de bus naar huis zei oma Pleun: 'Toch ben ik nog niet helemaal gerustgesteld, Kiek. Ik vind dat je vreemd doet, de laatste dagen. Je bent niet de Kiek zoals ik die ken.'

Ik probeerde mijn oren dicht te doen. Je ogen kun je sluiten, dan moet dat toch ook kunnen met je oren?

'Hoor je me, Kiek?' Oma stootte me aan. Maar ik wilde haar helemaal niet horen! Als ik niks hoorde, hoefde ik niet na te denken. En dan kreeg ik ook geen buikpijn. Zie je nou: ik had helemaal geen dokter nodig. Ik was zelf slim genoeg om te weten hoe het zat met die buik van mij. Ik drukte mijn neus tegen de ruit van de bus. Het voelde lekker koud. Ik drukte mijn ene wang er tegenaan. En daarna de andere. En toen slaakte ik een gil, zo hard dat de buschauffeur op de rem trapte.

Oma greep mijn arm. 'Wat is er?'

Kun je flauwvallen als je zit? Ik voelde me drie tellen helemaal slap worden. Daarna schoot ik rechtop op de bank en stootte ik mijn hoofd tegen het raam. 'Dáár!' schreeuwde ik. 'Kijk dan oma: Dáár! Daar loop jij!'

Ik voelde oma's hoofd vlak naast het mijne. 'Dat kan niet,' fluisterde ze. 'Dat is onmogelijk.'

Ik sprong op en drukte op de bel.

'Wat doe je?' Oma duwde me terug op de bank.

'Stoppen!' riep ik. 'Halt! We moeten eruit!'

'Kan het wat kalmer?' vroeg de buschauffeur. 'De halte is om de hoek. Even geduld.'

'Rijdt u maar door hoor,' zei oma. 'We hoeven er helemaal niet uit. Niet hier tenminste.'

'Maar oma!' Ik stuiterde als een skippybal. 'Kijk nou toch! Die mevrouw! Die lijkt sprekend op jou! Ik moet haar wat vragen! Ik wil weten of zij wel eens taartjes gaat eten in de taartenwinkel. Want ik dacht dat jij het was. Maar nu denk ik dat zij het misschien is geweest. Ik...'

De bus was gestopt. De chauffeur keek naar ons in zijn achteruitkijkspiegel. 'Komt er nog wat van?' vroeg hij met een bromberenstem.

Ik stond op maar oma greep me bij mijn mouw en trok me terug op de bank. 'Het is een vergissing, chauffeur,' riep ze. 'Neem het ons niet kwalijk. Rijdt u maar verder.'

Ik snapte er natuurlijk helemaal niets van. Ik was boos en verdrietig. Mijn hele hoofd was van binnen in de war en mijn buik zat in de knoop.

Oma leek wel in een zombie veranderd te zijn. Ze zei helemaal niets meer en staarde met enorme ogen voor zich uit terwijl ze volgens mij helemaal niks zag.

Zonder een woord reden we tot onze halte. Daar stapten we uit en slaakte oma Pleun de diepste zucht die ik ooit heb gehoord. Ze pakte mijn hand en aaide even over mijn wang. Ik deed mijn mond open om wat te zeggen maar ze drukte een vinger tegen mijn lippen. 'Geef me even de tijd,' zei ze. 'Vanavond, als mama ook thuis is...'

'Wat dan?' Ik legde mijn hand tegen mijn buik.

'Dan probeer ik het uit te leggen,' zei ze. 'Echt waar, dat beloof ik.'

'Maar...' sputterde ik. 'Oma... ik...'

'Vanavond!'

Jenny

De dag is voorbijgegaan maar vraag me niet hoe. Het leek wel of ieder uur een week duurde. Toen ik 's middags uit school kwam, zag ik dat oma Pleun had gehuild maar ik deed net of ik het niet zag. Want dat is erg hoor, als grote mensen huilen. Grote mensen horen dat niet te doen, en oma's al helemaal niet. Ik dacht eigenlijk altijd dat je tranen opraakten als je ouder werd. Maar oma had er blijkbaar nog een paar bewaard.

Zus kon er natuurlijk helemaal niet tegen. Ze vloog in oma's armen en begon meteen te snikken. Toen werd oma Pleun gelukkig weer gewoon oma Pleun. Ze pakte een zakdoek, snoot haar neus en stak haar kin vooruit. 'Kom Zus,' zei ze. 'We draaien de kranen dicht. Al dat water is slecht voor het parket.' Zus keek verschrikt naar beneden maar oma gaf me een knipoog. 'Ik ga jullie vertellen wat er aan de hand is. Mama komt pas heel laat thuis, zolang wil ik jullie niet laten wachten.' Ze ging op de bank zitten en klopte links en rechts naast zich op de kussens.

'Ik heb een zus,' vertelde oma Pleun. 'Ze heet Jenny. Ze is niet zomaar een zus, ze is mijn tweelingzus.'
'Een tweelingzus?' riep ik uit en wipte omhoog in de bank.
'Een tweelingzus?' echode Zus. 'Wat leuk!'

'Dat is het hem juist,' zei oma Pleun. 'Iedereen denkt altijd dat dat leuk is. Nou, in ons geval niet! Jenny speelde altijd de baas. Ze was altijd sneller, slimmer. Ze kon altijd alles beter. En iedereen vond haar ook altijd leuker dan mij.'

'Dat kan niet!' zeiden Zus en ik tegelijk.

Oma toverde een glimlachje tevoorschijn, maar het zwom een beetje.

'Ze pikte vroeger mijn vriendjes af.' Oma Pleun kneep haar lippen tot een streepje.

'Dat is gemeen!' riep Zus uit.

'Dat bedoel ik!' zei oma Pleun. 'Op een dag kregen we ruzie. Dat hadden we vaker, maar die keer was het zo erg dat het niet meer goed kwam. Jenny is verhuisd. Ik weet niet eens waarheen. We hebben elkaar al minstens tien jaar niet gezien.'

Tien jaar! Ik vond het wel verschrikkelijk lang!

'Weet mama dat wel?' vroeg ik.

Oma Pleun knikte.

'Maar oma,' zei ik. 'Jullie moeten het goedmaken. Een zusje heb je om lief en leed mee te delen, niet om ruzie mee te maken.'

Oma knikte. 'Daar heb je gelijk in, Kiek. Dat zijn wijze woorden. Maar hoe kan ik haar nou vinden? Blijkbaar is ze hier in de stad. Maar waar moet ik haar zoeken?'

'Bij de taartenwinkel natuurlijk!' Ik besloot om maar meteen op te biechten wat ik gisterochtend had gedaan. Ik durfde oma Pleun bijna niet aan te kijken. Ik keek maar naar haar knieën, terwijl ik vertelde over het mislukte heterdaadje.

'Dus je was helemaal niet ziek!' riep oma Pleun uit. 'Je hebt juf Odet en mij voor de gek gehouden!'

Ik boog mijn hoofd nog iets dieper maar toen ik een vreemd geproest hoorde, keek ik met een ruk op.

Oma Pleun lachte met haar hand tegen haar mond gedrukt. In haar ogen blonken lichtjes en lachtranen.

'Kom hier,' zei ze. Ze opende haar armen en trok me tegen zich aan. 'Foei, wat ben jij een stout kind geweest,' grinnikte ze. 'Maar wel een slim kind. Dus er zit niks anders op dan dat ik ook maar de wacht ga houden bij de taartenwinkel. Die Jenny, ach ja… Vroeger was het ook al zo'n snoepkont.'

'Maar dat ben jij toch ook, oma?' Het was eruit voordat ik er erg in had.

'Ik een snoepkont?' riep oma uit. 'Ik heb al in geen eeuwigheid meer gesnoept!'

'Het was oma toch niet in de taartenwinkel!' Zus keek naar me of ik het domste meisje ter wereld was. Maar zij wist natuurlijk ook niet wat ik bedoelde. Ineens moest het eruit. Het floepte vanzelf uit mijn mond: 'En die bonbons dan, oma? Die bonbons van Frits die op de kast lagen. Daar heb je toch van gegeten?'

Oma keek me verrast aan. Ze gaf niet meteen antwoord. Maar toen zei Zus met een steeds roder wordend hoofd: 'Dat heb ík gedaan! Ik wou zo graag even proeven... Het waren van die dikke superbonbons. En ze zagen er zo lekker uit.'

'O,' zei ik. Ik voelde dat mijn wangen minstens zo rood werden als die van Zus.

Toen vertelde ik ten slotte ook nog maar dat ik even, héél, héél even, had gedacht dat oma iets te maken had met de diefstal in het buurthuis.

Het bleef een hele poos stil en ik hield mijn adem in.

Toen aaide oma me over mijn rug. 'Arm kind,' zei ze. 'Kijk me eens aan!'

Ik keek in haar ogen die net zo lief waren als altijd. 'Ik heb niks met die diefstal te maken, Kiek. Ik weet niet wie het wel gedaan heeft, maar ík was het niet. Geloof je me?'

Ik knikte zo hard ik kon. Mijn buik voelde ineens heel zacht. Alsof alles lachte van binnen.

Op wacht

De volgende dag na school renden Zus en ik naar de taartenwinkel. Ja hoor, aan de overkant van de straat zat oma Pleun op een tuinstoel. Naast haar stond een grote tas. Daar stak een thermosfles uit en een krant.

'En?' vroegen we, hijgend alsof we een marathon hadden gelopen. 'Heb je haar gezien?'

'Dan zou ik hier niet meer zitten,' zei oma. 'Hoewel... ik moet zeggen: het bevalt me hier best. Het is mooi weer en af en toe maakt er iemand een praatje. Alleen jammer dat Jenny zich niet laat zien. Maar de dag is nog niet om. Wie weet komt ze nog. Willen jullie een broodje?'

We gingen naast oma op de stoep zitten. Ik vond het nu veel leuker dan toen ik er in mijn eentje zat.

We keken naar alle mensen die langsliepen. Soms glimlachte er iemand naar ons. Ik hapte in mijn broodje en dacht na over alles wat er was gebeurd.

Oma nam ook een broodje. Er stak een blaadje sla tussenuit. Ik tikte tegen haar been. 'Oma?'

'Mmmja?'

'Oma, je bent helemaal niet te dik.'

'Nee?'

'Nee!' Het hoofd van Zus schudde net zo hard als het mijne.

'Je bent goed zoals je bent. Stop nou maar met je dieet.'

'Ja, stop nou maar,' echode Zus.

Oma Pleun glimlachte. 'Jullie zijn lieverdjes,' zei ze.

We aten nog een broodje, en nog een en we dronken sap uit een pakje. Allemaal uit oma's grote boodschappentas. Plotseling hoorden we een bekende stem. Die was van meneer Frederikson. 'Hé kijk eens wie we daar hebben,' riep hij. Hij zat in een rolstoel, net als oma Pimp die vlak achter hem reed.

'Hallo!' riepen we alledrie in koor.

'Wat zitten jullie hier gezellig,' zei oma Pimp. Op haar schoot lag een grote plastic zak. 'Komt er zo een optocht voorbij of zo?'

Oma Pleun lachte. 'Dat zou je haast denken hè, als je ons hier ziet. Nee, wij zitten hier om een heel andere reden. Maar dat is zo'n verhaal. Dat kan ik niet binnen drie tellen uitleggen.'

Meneer Frederikson parkeerde zijn stoel netjes langs de kant. Hij keek onderzoekend naar oma. 'Wat was er nou zojuist met je, Pleun? Nu doe je weer gewoon tegen me. Maar daarnet in de kringloopwinkel zei je ons amper gedag.'

'In de kringloopwinkel?' herhaalde oma Pleun.

'We hebben oude borden gekocht.' Oma Pimp wees op de zak die op haar schoot lag. 'Voor mijn mozaïek, weet je wel. Maar jij was daar toch ook! Jij stond bij dat beeld te kijken.'

'Ik?' Oma Pleun keek naar Zus en mij.

'Dat is ze!' schreeuwde ik en ik sprong overeind. 'Dat moet Jenny zijn! Kom, vlug!' Ik wilde al gaan rennen maar oma Pleun kon natuurlijk niet zo snel.

'Wat is er aan de hand?' vroeg meneer Frederikson.

'We moeten naar de kringloopwinkel!' Ik trappelde van ongeduld. 'Dadelijk is ze weg!'

Oma Pleun greep haar rollator. 'Gaan jullie maar vast, Kiek en Zus,' zei ze. 'Ik kom er zo aan.'

Meneer Frederikson had bij de politie gewerkt. Nou, dat kon je nog steeds merken. 'Volgens mij is dit een noodgeval,' zei hij, snel de leiding nemend. 'Pleun, laat die rollator staan. Kom bij me zitten!'

In de kringloopwinkel

Zus en ik renden door de winkelstraat. Meneer Frederikson met oma Pleun op schoot reed vlak achter ons. Als laatste kwam oma Pimp, luid bellend zodat iedereen aan de kant ging.

'Daar is het,' hoorde ik haar zeggen, 'daar op de hoek!'

De deuren van de winkel stonden wijd open, dus we renden meteen naar binnen. We liepen bijna tegen een kast aan, een blauwe met hartjes in de deuren.

'Kalm aan nu,' klonk de stem van meneer Frederikson achter ons. Oma Pleun gleed van zijn schoot af. Ze giechelde een beetje. Oma Pimp reed nu ook naar binnen.

'Wie zoeken we nu precies?' vroeg ze. Ze droeg haar strooien hoedje met rode rozen. Het hing een beetje scheefgezakt op haar hoofd.

'We zoeken Jenny, mijn tweelingzus.' Oma Pleun keek alle kanten op.

'O, een tweelingzus,' zei meneer Frederikson. 'Dat verklaart een heleboel. Goed. Actie! Geen tijd te verliezen. Taken verdelen! Kiek en Zus zoeken links. Wij zoeken rechts. Na afloop iedereen hier melden.'

Zus en ik schoten de winkel door. Er waren niet veel mensen, maar wel ongelooflijk veel spullen: stoelen en tafels, potten en pannen, boeken en kinderwagens, glazen en kopjes en een kattenbak in de vorm van een molen, en een heleboel speelgoed. Maar geen Jenny.

'Ze is weg,' zei ik zuchtend.

'Ja, ze is weg,' echode Zus.

Voor de zekerheid deed ik deuren van kasten open en ik keek onder de tafels. Maar Jenny was niet te bekennen.

We sjokten terug naar de ingang. We zagen meneer Frederikson en de oma's al van ver. Ook zij hadden haar niet gevonden.

'Pech,' zei meneer Frederikson. 'Maar de dame in kwestie kan niet ver weg zijn. Tien minuten geleden was ze hier, zeker weten.'

Er kwam een meneer naar ons toe. Hij droeg een blauwe stofjas die openhing. Daaronder droeg hij een te kort zwart T-shirt dat strak om zijn buik spande. 'Kan ik jullie ergens mee helpen?' vroeg hij, terwijl zijn ogen langs ons heen gleden.

'Ja zeker meneer.' Oma Pleun stak een vinger op, net alsof ze op school zat. 'Hebt u hier kort geleden een mevrouw gezien die er net zo uitzag als ik?' Ze keek hem verwachtingsvol aan.

Hij kneep zijn ogen een beetje samen. 'Dat heb ik, ja. En jullie…' Hij knikte naar meneer Frederikson en oma Pimp, 'heb ik hier een kwartiertje geleden ook gezien. Maar ik neem geen spullen terug hoor. En er kan ook niet worden geruild.'

Zus maakte een onverwachte beweging met haar arm

waardoor er een vaas van een plank viel. Hij klapte op de grond en brak in een heleboel stukken. We keken allemaal geschrokken naar de vloer.

'Ik deed het niet expres!' riep Zus uit. Ze kroop meteen achter de rug van oma Pleun.

'Dat kan wel zijn, meisje,' zei de man in de stofjas. 'Maar dat was toevallig een heel dure, héél kostbare vaas. Ik hoop dat je een volle spaarpot hebt, want dat gaat je geld kosten.'

'Ik dacht het niet,' zei oma Pimp. 'Ik geef je er één euro voor, dat is dik betaald. Ik heb zo'n zelfde vaas ooit op de kermis gewonnen.' Ze pakte haar portemonnee.

Ik keek naar de man. Hij was boos, dat kon ik wel zien. Ik besloot ook maar even achter oma Pleun weg te kruipen. Maar toen zei meneer Frederikson: 'Geen geintjes hè, Dick. Volgens mij kennen wij elkaar nog uit de tijd dat ik hoofdcommissaris was bij de politie. Wij hebben elkaar toen meerdere keren ontmoet. Of vergis ik me?'

Dick snoof. Hij hield zijn hand op en oma Pimp stopte er een euro in. 'Wilt u de scherven in een zakje doen?' Ze glimlachte en gaf meneer Frederikson een knipoog.

Daar staat ze!

Een beetje stilletjes gingen we de winkel uit.

'Nou,' zei oma Pleun met een zucht. 'Dan ga ik maar weer op mijn plekje tegenover de taartenwinkel zitten. Ooit moet ze daar toch een keer langslopen.'

'O, is dat de reden dat jullie daar zaten?' vroeg meneer Frederikson. 'Begrijp ik het goed? Maar, als je je zus wilt spreken, waarom moet het dan zo ingewikkeld?'

'Ik heb haar tien jaar niet gezien,' vertelde oma Pleun. 'Ik heb geen adres, geen telefoonnummer...'

'Daar staat ze,' zei Zus. Ze greep mijn hand. Ik kreeg kippenvel en kon ineens geen stap meer verzetten. Het was waar: tien stappen van ons vandaan stond oma Pleun. Maar oma Pleun zat bij meneer Frederikson in de rolstoel, dus moest de oma die daar stond Jenny wel zijn. Ze maakte een praatje met Fred, of hoe heette hij... Frits. In haar handen had ze een doosje met een strik erom.

'Oma Pleun!' Het was net alsof mijn stem van heel ver moest komen. 'Kijk!'

'Jenny,' hoorde ik oma fluisteren. Oma Pleun liet zich uit de rolstoel glijden. Op hetzelfde moment keken Jenny en Frits op. 'O Pleuntje!' riep Jenny. Ze liet het doosje uit haar handen vallen en liep naar oma Pleun. 'Pleuntje! Pleuntje!'

'Jenny! Jenny!' riep oma Pleun. Ze sloegen de armen om elkaar heen en ik kon niet goed zien of ze nou huilden of lachten.

Frits zakte door zijn knieën en raapte het doosje op. Ondertussen bleef hij met open mond naar oma en Jenny kijken. 'Het zijn er twee,' hoorde ik hem mompelen. 'Wel heb ik ooit.'

Ik had het gevoel dat ik zelf ook een beetje moest huilen of lachen. Ik kneep in de hand van Zus. 'Au!' gilde ze.

Toen lieten oma Pleun en Jenny elkaar los. Ze wreven allebei tegelijk over hun ogen en trokken een zakdoek uit de linkerzak van hun jasje.

'Wóón jij hier?' vroeg Jenny, en ze depte haar ogen met de zakdoek.

Oma Pleun knikte. 'Sinds een jaar of acht. En jij? Hoe kom jij hier?'

Jenny glimlachte. 'Ik heb een paar weken vakantie. Ik logeer in hotel De Zon, hier om de hoek.'

Oma Pleun zag er stralend uit. Ze wenkte ons. 'Kijk eens Jenny, dit zijn mijn kleindochters. Dit is Kiek en dat is Zus.'

Jenny trok ons in haar armen. Ze voelde net zo zacht en warm als oma Pleun altijd voelt. 'Wat ben ik blij Pleuntje, dat we elkaar hier toevallig tegenkomen. Na al die jaren!'

'Nou, toevallig...' bromde meneer Frederikson. 'Zeg Pimp, zullen wij maar eens teruggaan naar huize Oude Eikenrust?'

'Nee, nee!' Oma Pleun schudde kordaat haar hoofd. 'Zijn jullie mal? We hebben wat te vieren! We gaan een dikke roomsoes eten, ik trakteer!'

Jenny schoof een arm door die van oma Pleun. 'Wat leuk! Daar ben ik dol op!'

Frits stond een beetje verward te kijken. Alsof hij nog steeds niet goed kon begrijpen wat hij zag. Onzeker hield hij het doosje omhoog.

'Geef het maar aan Jenny,' spoorde oma Pleun hem aan.

'Ja mmm…maaar, het was eigenlijk voor jou. Ik heb me vergist,' stamelde Frits. Hij plukte wat aan de strik.

Jenny stak haar hand uit. 'Ik neem het met alle plezier van je aan hoor.' Ze glimlachte naar hem. 'Ik wed dat er van die lekkere dikke bonbons in zitten!'

'Klopt,' zei Frits en hij glimlachte voorzichtig terug.

'Nou,' oma Pleun keek stralend om zich heen. 'Ik hoor de roomsoezen roepen: komt er nog wat van?'

We staken met zijn allen de straat over. Oma Pleun en Jenny voorop.

Mieke van Hooft over *Oma verdacht*

Vaak vragen kinderen mij hoe ik op de ideeën voor mijn boeken kom. Dan vertel ik dat ideeën door de lucht zweven. Als je een raam openzet, kunnen ze zomaar naar binnen vliegen. Als je een hoek omgaat, kun je er zomaar tegenaan botsen. Maar je moet wel altijd je ogen en oren wijd openhouden. Want anders gaan ze aan je voorbij.

Het idee voor *Oma verdacht* ontstond in de trein. Op de bank voor me zaten twee dames. Ik kon ze niet zien, maar wel horen. Ze vertelden over hun kleinkinderen. Allemaal heel gewone dingen. Toen kwamen we in de buurt van een station. Een van de dames stond op. Ze had grijs haar, een bril op en een rood jasje aan. 'Kom je ook?' vroeg ze aan de ander.

Ik gluurde over de rand van het boek dat ik niet las. De andere dame stond op en liep het gangpad in. Ik was zo verrast dat ik mijn boek bijna liet vallen. Ook zij was grijs, droeg een bril en had een rood jasje aan. Het was voor het eerst in mijn leven dat ik een tweelingoma zag. Ik moest meteen aan die kleinkinderen denken waar ze over hadden verteld. Zouden die zich nooit vergissen?

Je snapt het misschien al: ik pakte meteen mijn notitieschriftje en schreef: 'Verhaal over tweelingoma's en kleinkinderen die zich vergissen'.

De rest van de treinreis had ik een vrolijk kriebeltje in mijn buik; ik had weer een idee gevangen!

Heb jij ook een tweelingoma of -opa? Of ben je misschien zelf de helft van een tweeling? Je mag me altijd een mailtje sturen, ook als het niet over tweelingen gaat: contact@miekevanhooft.nl

Vrolijke groet,

Mieke

(www.hyves.nl/miekevanhooft)

PS: Ideeën voor vingerafdrukpoppetjes? Neem een kijkje op mijn website: www.miekevanhooft.nl